Wir danken

der

ENTEGA Stiftung

für ihre freundliche Unterstützung

bei der 10. Krimi-Anthologie

des Odenwaldkreises

„Mords Kunst"

Mords Kunst

Krimi-Anthologie

Biografische Information der Deutschen Nationalbibliothek:
Die Deutsche Nationalbibliothek verzeichnet diese Publikation
in der Deutschen Nationalbibliografie; detaillierte bibliografische
Daten sind im Internet über https://www.dnb.de abrufbar.

Herausgeber:2020 Kreisausschuss Odenwaldkreis
Herstellung und Verlag: BoD – Books on Demand, Norderstedt
Umschlaggestaltung: © Corinna Panayi-Konrad (Michelstadt)
ISBN:9783751969529

Krimi-Anthologien aus den Krimi-Schreibwettbewerben des Odenwaldkreises

Mords Kartoffel, 2007
Mords Schafe, 2008
Mords Apfel, 2009
Mords Holz, 2010
Mords Spur, 2011
Mords Römer, 2012
Mords Elfenbein, 2014
Mords Energie, 2016
Mords Burgen und Schlösser, 2018
Mords Kunst, 2020

Unterstützer

Der Odenwaldkreis könnte ohne die Förderung zahlreicher Unterstützer sein überregionales Literaturprojekt, das sowohl einen Erwachsenen- als auch einen Jugend-Krimi-Schreibwettbewerb „Mörderische Kunst" sowie eine Preisverleihung und diese Anthologie umfasst, durchführen.

Betriebsgesellschaft Schloss Erbach gGmbH
Eduard Engelhardt GmbH & Co. KG Hausbau, Erbach
ENTEGA Stiftung, Darmstadt
Expert-Stommel, Michelstadt
Hotel Büchner Bad König
Kiwanis Club Erbach/Odenwald
Kleinkunstkneipe „Alte Post", Brensbach
Kultursommer Südhessen e. V., Darmstadt
Kurgesellschaft Bad König
Odenwald-Stiftung, Erbach
Rowenta-Werke GmbH, Erbach
Sparkasse Odenwaldkreis, Erbach

Allen Unterstützern hierfür

Herzlichen Dank!

Vorwort

Liebe Leserinnen und Leser,

Sie halten eine Jubiläumsausgabe in Ihren Händen: Es ist die 10. Anthologie im Rahmen des Krimi-Schreibwettbewerbes des Odenwaldkreises.

Der Odenwaldkreis lobt diesen Schreibwettbewerb seit 2007, zunächst jährlich, seit 2012 im zweijährigen Rhythmus, aus. Rund 2.500 Kurzkrimis gingen in diesen zehn Jahren bei diesem überregionalen Literaturprojekt ein. Die Autorinnen und Autoren kamen dabei nicht nur aus allen Bundesländern in Deutschland, sondern weltweit aus dem nahen und fernen Ausland, wie Belgien, Dänemark, England, Chile, Frankreich, Griechenland, Italien, den Niederlanden, Österreich, Portugal, Schweden, der Schweiz, Spanien, Südafrika und sogar aus den USA.

In dieser Jubiläumsausgabe befinden sich die 30 bestbewerteten Kurzbeiträge des Erwachsenen- und die jeweiligen Siegerbeiträge der drei Alterskategorien des Jugend-Schreibwettbewerbes. Die Jury hatte die schwierige Aufgabe, diese aus den rd. 250 Einsendungen herauszufinden.

Alle Beiträge haben eines gemeinsam: Es dreht sich um „mörderische Kunst", wobei damit nicht die eigentliche Kunst des Mordens gemeint ist, sondern die Kunst als solche, ob nun die bildende Kunst oder die darstellende Kunst, die Musik oder die Literatur.

Wir versprechen Ihnen, dass Sie nach dem Lesen dieser Anthologie nicht mehr nur in Vorfreude zu einer Vernissage gehen werden, sondern in Erwartungshaltung, was Ihnen an diesem Abend alles passieren könnte. Auch die Ausstellungsstücke werden Sie mit anderen Augen sehen. Sie werden sich fragen, um welches Material es sich da wohl bei diesen Rot- oder Grautönen handelt? Sie werden sich fragen,

was der fotografierten Person passiert ist, dass ihr diese Todesangst im Gesicht steht oder welches „Innenleben" die
detailgetreu angefertigte Skulptur hat? Musiker*innen und
Theaterspieler*innen sei geraten, zuvor genau zu prüfen, ob
ihr Musikinstrument bzw. das Theaterutensil nicht gar zu
einem Mordinstrument „umfunktioniert" wurde.

Wir sind uns sicher: Sie werden nach dieser Lektüre einen
völlig anderen Blick auf die Kunst im Allgemeinen und im
Besonderen haben.

Wir wünschen Ihnen spannende Unterhaltung und verzeihen Sie uns, wenn Sie die eine oder andere „Mörderische
Kunst" zum „Wahnsinn" treiben sollte.

Ihr

Frank Matiaske
Landrat des Odenwaldkreises

Mit Ohne!

Anja Balschun (Koblenz/Rheinland-Pfalz)

Es gibt unzählige Geschichten über Kunst. Vielleicht zu viele. Dennoch möchte ich eine hinzufügen. Eine Warnung vorweg: Sie hat mit erstaunlich zahlreichen, gleichmäßig verteilten Blutspritzern auf den Wänden meiner frisch renovierten, heißgeliebten Backstube zu tun.

Der Reihe nach: Mein Name ist Becker und dieser Nachname, das habe ich bereits als Kind gespürt, kam einer Aufforderung gleich. Noch heute zürne ich dem Schicksal, dass das erste E in unserem Familiennamen kein Ä ist. Dann würde ich heißen wie mein Beruf, denn ich bin Bäcker. Unter meinen Händen entstehen die köstlichsten Brote und Brötchen. Das hörbare Knuspern, wenn man in die krosse Kruste beißt, ist mir eine Herzensangelegenheit. Ich liebe dieses Geräusch! Ebenso wie den herzhaften Geschmack einer Scheibe Roggenbrot mit Butter oder Schmalz. Für mich der größte Gaumenschmaus. Meine Kundschaft weiß das Geschick, mit dem ich Mehl, Wasser, Sauer- und Hefeteig zu vorzüglichstem Backwerk verarbeite, zu schätzen. Ehrensache, dass darin keinerlei Konservierungsstoffe zu finden sind, stattdessen Nüsse, Sonnenblumenkerne, Haferflocken, Rosinen und andere Leckereien.

Zurück zu den Blutspritzern. Um die Sauerei zu erläutern, muss ich ein wenig ausholen. Es ist, nun ja, diffizil. Meine mir angetraute Frau, Ela, ist nämlich KÜNSTLERIN. Eine in Großbuchstaben. Meine Gattin malt, behauptet sie. Sie kleckst, behaupte ich. Eigentlich ist auch das zu höflich ausgedrückt: Sie schmiert. Es entsteht bei diesen Aktionen rein gar nichts, was für mich einen Wiedererkennungswert hätte. Ich habe es nicht so mit dem Abstrakten. Mir sind Gemälde, auf denen ich das, was dargestellt wird, einwandfrei zuordnen kann, lieber. Ela sieht das übrigens anders. Geradezu abstrus wurde es, als sie eine Bilderserie anfertigte, die sie OHNE nannte. Eines Tages stand ich vor einer mit weißer Ölfarbe bepinselten Leinwand und sollte ihr Werk bewundern. Was mir wirklich sehr, sehr schwerfiel. »Wie heißt es denn, dein Gemälde?«, fragte ich, nur um etwas zu sagen.

»OHNE Schwarz«, lautete Elas prompte Antwort. »Ein Geniestreich«, behauptete sie mit glasigen Augen. »Damit werde ich ein Vermögen verdienen. OHNE wird mein Durchbruch. Glaube es mir.«

Ich nickte stumm. Zu einer anderen, gar entzückten Reaktion sah ich mich außerstande. Einen größeren Unfug hatte sie wirklich noch niemals von sich gegeben und Ela war eine Meisterin im Unfugerzählen. Insbesondere, was ihr Talent und ihren Kunstverstand anging.

Die nächsten Tage und Wochen präsentierte meine Frau fortlaufend und zu meinem wachsenden Missmut weitere Meisterwerke. Eines in komplettem Schwarz. Sie nannte es OHNE Orange. Dann gab es eines in durchgefärbtem Hellblau, das sie mit dem Titel OHNE Wiese versah und eines in Knallrot (OHNE Sterne). Auf die Gefahr, für einen Kunstbanausen gehalten zu werden: Ich kann damit nichts anfangen. Ich finde es eine alberne Verschwendung teurer Leinwände und Ölfarben. Die im Übrigen ich bezahlen darf, denn Ela geht keinem Beruf nach. Also keinem, der Geld bringt. Sie ist eben KÜNSTLERIN. Was will man erwarten.

Umso gewaltiger war meine Freude, als meine Gattin mir eines Tages ein Gemälde präsentierte, auf dem ich weiße, wollige Schafe auf einer sattgrünen Weide zu erkennen glaubte. Samt zweier Schäferhunde, die, so folgerte ich, die Schafherde beschützten. Meine Frau bestätigte meine Vermutungen. Das Bild hieß OHNE Wölfe. Das verstand sogar ich.

Mit der Zeit entstanden zwanzig Exponate, die alle mehr oder weniger mit OHNE zu tun hatten. Vor meinem inneren Auge sah ich sie sämtlich im muffigen Keller verrotten. Aber dann geschah etwas, mit dem zumindest ich niemals gerechnet hätte. Ela bekam die Gelegenheit, ihre Werke auszustellen. In einer Galerie in Bad König im Odenwald, unserem Wohnort, in dem es sich, umgeben von Mischwäldern, in gesunder Luft behaglich wohnen lässt. Die Kunsthandlung hatte kürzlich eröffnet und sich zur Aufgabe gemacht, regelmäßig zeitgenössische Kunst und die zu ihr gehörenden

Künstler vorzustellen. Wieso man just auf meine Frau als erste Ausstellende kam, wird mir für immer ein Rätsel bleiben.

Die Woche vor der Ausstellungseröffnung verbrachte Ela in hektischer Betriebsamkeit, vor der ich, so gut ich es vermochte, in meine Backstube flüchtete und mich zwischen den Backzutaten versteckte. Dort reifte langsam die Idee, dass ich dem alten Backhaus allmählich eine Renovierung gönnen sollte, denn die Einrichtung war in die Jahre gekommen. Vor allem die Öfen genügten nicht mehr meinen Anforderungen. Ela redete währenddessen von nichts anderem als von der Ausstellung und dem Reichtum, zu dem sie ihr verhelfen würde. Pausenlos rieb sie mir unter die Nase, dass sie sich dann endlich das Leben leisten könnte, das sie verdiente und nicht mehr ein karges Dasein mit einem biederen Bäcker fristen müsste. Ich schob diese Äußerungen auf ihre Aufregung und stürzte mich mit Begeisterung in die Neugestaltung meines Arbeitsplatzes.

Dann passierte Unglaubliches: Nachdem die Ausstellung eröffnet worden war, übrigens ohne mich, meine Frau wollte in diesem Moment keinesfalls ihren reizlosen Gatten an ihrer Seite haben, rissen sich Menschen, die von sich behaupteten, Kunstkenner zu sein, um Elas Gemälde. Am begehrtesten waren die komplett einfarbigen Werke. Ich verstand die Welt nicht mehr. Keines der Bilder wechselte unter 10.000 Euro den Besitzer. Für OHNE Sterne legte irgendein Spinner 15.000 Kröten auf den Tisch.

Mit diesem Erfolg konnte meine Frau nicht umgehen. Sie hielt regelmäßig, umgeben von ihren Bewunderern, Hof in der Galerie, kaufte sich kostbaren Schmuck, teure Klamotten und einen Porsche. Auf die Idee, mir ein bisschen was für die Leinwände und Farben zurückzuzahlen, die ich ihr jahrelang finanziert hatte, kam sie nicht. Stattdessen fing sie an, mich einen Versager zu nennen, der keinerlei Ambitionen zu Höherem hätte, sondern zwischen trockenen Krümeln wie eine arme Kirchenmaus dahinvegetierte. Ich versuchte, die dämlichen Sprüche zu ignorieren. Irgendwann würde Ela wieder zur Vernunft kommen, spätestens, wenn ihr das Geld ausgegangen war. Nebenbei bemerkt begann sie zu dieser Zeit ihre Arbeit an der Bilderreihe MIT. Weitere Ausführungen hierzu erspare ich mir.

Dann kam der Tag, der einige Änderungen mit sich bringen sollte: Mein brandneuer, elend teurer Backofen machte Probleme. Die Roggenbaguetten mit Speck und Zwiebeln waren völlig misslungen. Ich hatte die Stangen blass und steinhart aus dem Ofen gezogen. In der Backstube stank es nach Misserfolg. Fatalerweise gesellte sich in dem Moment, in dem ich eines der Baguetten, in der Hoffnung, dass es dadurch biegsamer werden würde, in eine dicke Plastikfolie schob, Ela zu mir.

»Was bist du bloß für eine Niete«, höhnte sie. »Weiche Birne, hartes Brot.« Sie lachte schrill und unecht. »Ich wollte dir mitteilen, dass eine berühmte Malerin, wie ich eine bin, sich nicht mit einem Mann wie dir abgeben kann. Ich will die Scheidung. Ich hoffe, du verstehst, dass ich mich verändern muss.«

Jetzt reichte es. So konnte es nicht weitergehen. Die Wut und die Enttäuschung, die sich in den letzten Wochen in mir angesammelt hatten, brachen sich Bahn. Bei der von ihr gewünschten Veränderung war ich ihr gerne behilflich. Wieder und wieder drosch ich mit dem Roggenbaguette auf Elas Kopf ein, bis sich der beschriebene Effekt mit den Blutspritzern einstellte. Zufrieden betrachtete ich mein Werk. In einem Anflug von künstlerischem Hochmut nannte ich es MIT Absicht. Die Leiche meiner Frau verbuddelte ich des Nachts im Wald. Einige Tage später meldete ich meine Gattin als vermisst.

Wochen danach wurde Ela von einem neugierigen Hund entdeckt, der seinen Fund seinem Herrchen petzte. Das beschauliche Bad König wusste nicht, wie ihm geschah. Meine Frau war Thema in sämtlichen Medien und jedem, der nicht bei drei auf dem Baum war, wurde ein Mikrofon vors Gesicht gehalten. Die Mordkommission nahm mich in die Mangel, konnte mir jedoch nichts nachweisen. Insbesondere das Tatwerkzeug blieb den Ermittlern ein Rätsel. Nebenbei: Die Blutspritzer ließen sich von der mit Latexfarbe gestrichenen Wand problemlos entfernen. Trotzdem habe ich den Raum vorsichtshalber von oben bis unten neu gefliest.

Als die Beamten die Untersuchungen gegen mich einstellten, lud ich sie auf ein paar Scheiben dunkles Roggenbrot mit Butter und Schmalz ein. Sie ließen es sich schmecken und wollten wissen, woher das dezente Aroma nach Zwiebeln und Speck stamme.

»Von misslungenen Roggenbaguetten«, bekannte ich ehrlich, »die zu feinen Bröseln zermahlen und dem Teig zugesetzt wurden. Manchmal stecken gerade im Scheitern neue Chancen.«

Zum Schluss sei noch eines erwähnt: Mein Name ist selbstverständlich nicht Becker, natürlich heiße ich ganz anders.

Vergissmeinnicht

Allegra Celine Baumann (Höchst i Odw./Hessen)

Die Strahlen der Abendsonne fielen gedämpft durch die verstaubten Fenster, tanzten spielerisch über den Boden und tauchten alles in ihr goldenes Licht.

Das Licht fiel auf ihren nackten Körper, umschmeichelte ihre Brüste und ließ ihre Züge ebenmäßig und engelsgleich erscheinen. Er betrachtete sie für einen Moment, dann wandte er sich wieder der Leinwand zu. Er tauchte den Pinsel in das Wasserglas neben ihm, um die blaue Farbe auszuwaschen. Mit dem feuchten Pinsel mischte er ein helles Gelb und ein dunkles Braun auf seiner Palette, führte den Pinsel erneut zur Leinwand und übermalte die noch feuchte Fläche. Das Blau auf der Leinwand mischte sich mit der Farbe auf dem Pinsel zu einem satten Dunkelgrün.

*

Maria parkte ihr Auto auf dem Parkplatz auf der Mossauer Höhe. Die Tautropfen lagen auf dem Gras wie kleine glitzernde Perlen und durchnässten ihre Schuhe als sie mit der Staffelei unter dem Arm über die Wiese lief, um einen geeigneten Platz zu suchen. Auf dem kleinen tragbaren Hocker sitzend, holte sie die Pinsel aus der Tasche. Während sie malte und die Zeit um sich herum vergaß, kletterte die Sonne langsam über die Baumwipfel der dunklen Tannen, warf ihre Strahlen durch die hellgrünen, lichten Kronen der Buchen, bis sie schließlich in ganzer Kraft am azurblauen Himmel stand. Maria sog die frische Luft tief in ihre Lungen. Der Frühling war da.

Sie ließ den Blick über das Tal schweifen. Die sanften, bewaldeten Hügel, Felder, Wege. Der Odenwald war ihre Heimat, ihre Inspiration und ihr Rückzugsort. Sie blickte auf die Leinwand vor sich und war zufrieden. Es war ihr gelungen, die Landschaft im Morgenlicht einzufangen. Sie würde dieses Bild bei der Vernissage des Künstler-Clubs am kommenden Samstag in der Güterhalle in Höchst ausstellen.

Als Maria an die Ausstellung dachte, verfinsterte sich ihre Miene. Der Vorsitzende, Ralf Hammer, würde bestimmt wieder mit seinem Kunstwerk im Mittelpunkt stehen wollen. Maria konnte nicht verstehen, warum sie scheinbar die Einzige war, die sich an seiner exzentrischen und dominanten Art störte. Sie seufzte und schüttelte den Kopf, um die unangenehmen Gedanken zu vertreiben. Sie würde sich diesen wunderschönen Tag und die Freude über ihr gelungenes Kunstwerk nicht von diesem Idioten zerstören lassen. Mit diesem Entschluss im Kopf, atmete sie tief ein und aus, schloss für einen Moment die Augen und genoss die Wärme der Sonne auf ihrem Gesicht. Dann packte sie, zufrieden mit ihrem Werk, ihre Sachen zusammen. Die Staffelei und die Utensilien waren nicht schwer, es war angenehm warm geworden und so beschloss sie, nicht direkt über die Wiese zurück zu gehen, sondern einen Umweg am Wald entlang zu nehmen. Sie hatte während des Malens lange konzentriert und regungslos dagesessen und nun das Bedürfnis, sich die Beine zu vertreten.

Die Steine des Feldwegs knirschten unter ihren Schuhen, aus dem Wald drang das Klopfen eines Spechts und ein Zitronenfalter sonnte sich auf einem nahen Baumstamm. Sie trat näher, um den kleinen, filigranen Schmetterling zu betrachten. Sie hatte Zitronenfalter schon immer geliebt, denn sie waren für sie die Boten des Frühlings. Das Insekt öffnete und schloss seine Flügel. Sie lächelte. Plötzlich fiel ihr Blick von dem zitronengelben Schmetterling auf etwas Blaues, das in direkter Blickachse von dem Falter etwas weiter hinten im Wald lag und dort nicht hingehörte. Maria erhob sich. Erschreckt flatterte der Falter davon. Sie ließ die Staffelei am Waldrand stehen. Das Laub am Waldboden raschelte bei ihren Schritten. Sie ging vor dem blauen Etwas in die Hocke. Es war ein vergissmeinnichtblauer, dünner Seidenschal, der vor einem großen Gebüsch am Boden lag. Sie streckte die Hand aus, um den Schal zu ergreifen, doch dann erstarrte sie. Ihr Atem stockte und ihre Kehle schnürte sich zu. Hinter dem Seidenschal, zwischen den dichten Ästen des Gebüschs, blickten sie zwei große, dunkle Augen an. Leere Augen inmitten eines blassen, reglosen Gesichts.

∗

„Jetzt erzähl' doch mal! Wie war das genau und was haben Sie dich auf der Wache gefragt?" Laura blickte sie erwartungsvoll an. Maria seufzte innerlich. Sie hatte die Geschichte bestimmt schon hundertmal erzählt. Wie sie die tote, nackte Frau in dem Gebüsch im Wald gefunden und, nachdem sie sich von dem Schock erholt, direkt die Polizei angerufen hatte. Wie sie im Auto warten und den beiden Polizisten dann die Stelle hatte zeigen müssen. Wie sie danach hatte heimfahren dürfen, aber etwas später wieder auf die Wache hatte kommen müssen, um ihre Aussage zu machen. Seitdem waren bereits einige Tage vergangen, aber dennoch wachte sie in jeder Nacht schweißgebadet auf, die leeren, dunklen Augen vor sich in der Dunkelheit. Bis heute hatte die Polizei nicht herausfinden können, wer die junge Frau war. Sie hatte keine Kleidung oder Papiere bei sich gehabt und passte auch zu keiner Vermisstenbeschreibung. Das Einzige, was bei ihrem Körper gefunden worden war, war der blaue Seidenschal.

Maria war so in ihre Gedanken versunken, dass Laura sie sanft schubste. Maria konnte es ihr nicht verübeln. Ein Mordfall im Odenwald! Die Lokalzeitungen waren voll davon und hier saß sie, Maria, die die Tote gefunden hatte. Natürlich wollte jeder die Geschichte aus erster Hand erfahren. Also tat sie ihrer Freundin den Gefallen.

Die beiden Frauen hatten sich an einen Stehtisch zurückgezogen, jede ein Glas Sekt vor sich. Die Vernissage war ein voller Erfolg. Viele Interessierte waren gekommen, um die Kunstwerke der Mitglieder des Kunst-Clubs zu sehen. Maria hatte sich sehr gefreut, dass die Ausstellung in der Höchster Güterhalle stattfand. Durch die großen Fenster fiel das Tageslicht und ließ die Bilder, die auf Staffeleien im Raum verteilt standen, besonders gut zur Geltung kommen.

Maria mochte am Kunst-Club die Vielfältigkeit der Interessen der Mitglieder. Laura hatte sich auf Stillleben spezialisiert. Ihr Bild stand direkt neben dem Eingang und zeigte ein Bouquet aus Sonnenblumen. Eine sehr liebenswürdige, ältere Dame, die bereits seit vielen Jahren Mitglied im Kunst-Club war, malte am liebsten ihre Katzen und das Ehepaar mittleren Alters, das in Marias Straße wohnte, widmete sich der Malerei antiker Bauwerke. Insgesamt waren sie zehn Mitglieder, die sich einmal im Monat trafen, um gemeinsam neue Maltechniken auszuprobieren oder sich kritisch über ihre eigenen Kunst-werke auszutauschen. Eine angenehme Gruppe und Maria würde die gemeinsamen Treffen und Ausstellungen sehr ge-nießen, wäre da nicht der Vorsitzende des Clubs, Ralf Hammer, dieser eingebildete, arrogante Fatzke. Und da war es auch schon so weit - sein großer Auftritt. Marias Gedan-ken wurden durch den hellen Ton eines Löffels, der an ein Glas geschlagen wurde, unterbrochen.

„Meine sehr geehrten Damen und Herren, ich freue mich, dass Sie heute so zahlreich zu unserer Vernissage erschienen sind. Wie immer ist es mir eine ganz besondere Freude, Ihnen nun mein eigenes Kunstwerk präsentieren zu können. Ich nenne es ‚Vergissmeinnicht‘."

Während Ralf Hammer sprach, kamen die Besucher und auch Maria und Laura näher heran und versammelten sich in einem Halbkreis um die große Leinwand, die in der Mitte des Zimmers auf einer Staffelei stand und mit einem roten Samttuch abgedeckt war. Mit einer schwungvollen Bewegung zog Ralf Hammer das Tuch von der Staffelei. Zunächst war anerkennendes Raunen zu vernehmen, dann begann die Menge zu klatschen.

Nur Maria klatschte nicht. Wie aus weiter Ferne hörte sie Laura neben sich sagen: „Wow, das ist ja großartig! So lebensecht!" Aber Marias Körper fühlte sich wie gelähmt an, das Blut pochte in ihren Adern. Auf der Leinwand war ein Teilakt zu sehen. Marie merkte kaum, wie sie die Menschen vor sich zur Seite schob und näher an das Bild trat. Es zeigte eine Frau, ihre langen Beine übereinandergeschlagen, auf einem Stuhl sitzend. Ralf Hammer war wirklich ein begnadeter Künstler. Die Frau auf dem Gemälde erschien fast lebendig. Ihr nackter Körper war in warmes Sonnenlicht getaucht und ein Lächeln lag auf ihrem Gesicht. Aber es war etwas Anderes, das Maria so entsetzte. Es waren die Augen der Frau. Ihre großen, dunklen Augen. Maria schüttelte den Kopf. So ein Quatsch. Und dennoch, Maria konnte den Blick nicht vom Gesicht der Frau abwenden. Sie betrachtete das Gemälde. Die Frau war fast gänzlich nackt, nur über ihre Schultern hatte sie einen dunkelgrünen Schal gelegt. Aber Moment. Maria beugte sich näher an das Bild heran. An einer Ecke des Schals war eine andere Farbe zu sehen. Blau. Vergissmeinnichtblau. Marias Herz schien einen Takt auszusetzen. Mit einer ruckartigen Bewegung drehte sie den Kopf und blickte durch den Raum hinüber zu Ralf Hammer. Er hatte sie beobachtet, obwohl er sich in einem Gespräch mit dem Ehepaar mittleren Alters befand. Als ihre Blicke sich trafen, verzog sich Ralf Hammers Mund zu einem seltsamen Lächeln. Marias Magen krampfte sich zusammen als ihr die schreckliche Wahrheit bewusst wurde.

Kamingeflüster

Brigitte Karin Becker (Walldorf/Baden Württemberg)

Langsam strich der alte Graf mit den Fingern über die dick aufgetragene Ölfarbe. An manchen Stellen hatte der Maler sie direkt aus der Tube auf die Leinwand gedrückt. Der Graf fühlte steile Grate und zerklüftete Abhänge. Er fuhr über eine spitze Zinne, drückte sanft darauf bis er einen kleinen Stich spürte und tastete sich weiter bis zu einem breiten Tal. Hier hatte der Maler mit dem Pinsel gearbeitet, die Striche fühlten sich an wie Ackerfurchen. Sanft mäanderten sie zum nächsten Gebirgskamm. Über mehrere Zacken streifte der Graf zu seiner Lieblingsstelle, einem kleinen Krater, und schob seinen knochigen Zeigefinger bis auf dessen feuchten Grund.

Ihm wurde wieder schwindelig. Er tastete sich zu seinem Ohrensessel, ließ sich hineinsinken und wischte sich mit einem Leinentaschentuch den Schweiß von der Stirn.

Der Sommer war dieses Jahr erbarmungslos, kaum ein Tag an dem das Thermometer nicht über dreißig Grad kletterte, oft näherte es sich sogar der Vierzig. Auch durch die dicken Mauern des Schlosses war die Hitze gekrochen, der Graf atmete schwer die stickige Luft.

Aus dem Kamin, der mit dem des Nachbarraums einen gemeinsamen Abzug hatte, hörte er Stühlerücken. Seine Gäste, zwei ältere Damen, die gemeinsam einen Kriminalroman schrieben, trafen sich zu ihrer Abendbesprechung. Der Graf schob seinen Sessel näher und lauschte.

"Also: Gestern haben wir uns geeinigt, dass dieser dubiose Neffe der Täter sein soll", klang die raue Stimme von Renate, die meistens das Wort führte, durch den Kamin. "Heute wollen wir uns um das Motiv kümmern."

Der Graf runzelte die Stirn. Er hätte eine Menge Ideen für Motive, aber dann hätte sein Neffe Elmar das Opfer und nicht der Täter sein müssen. Vor ein paar Wochen hatte er sich – ohne um Erlaubnis zu fragen – im Schloss eingenistet. Seitdem hallte der Schritt seiner beschlagenen Absätze durch die Korridore, und in den Gemächern hing der Geruch seines süßlichen Aftershaves.

"Er könnte ein Erbschleicher sein", kam Renates Stimme durch den Kamin und brachte eine Note Zigarettenrauch mit.

Der Graf nickte.

"Aber das hat er doch nicht nötig. Er ist Apotheker, ihm gehört die Apotheke am Marktplatz", erklang die dünne Stimme von Ingrid, die meistens einen leicht beleidigten Unterton hatte.

Der Graf seufzte: Schön wär's! Aber sein Neffe hatte mehr Interesse an Roulette und Pferdewetten gehabt als an seinem Studium. Obwohl er sich siebzehn Semester lang an der Universität herumgetrieben hatte, war er schließlich ohne Abschluss abgegangen. Und die geerbte Apotheke gehörte ihm schon lange nicht mehr. Er hatte sie bald verkauft und nannte sich seitdem 'Künstler'. Worin seine Kunst bestand, behielt er für sich.

"An der Apotheke steht aber ein ganz anderer Name an der Tür", vernahm der Graf Renates Stimme. "Und eine eigene Wohnung scheint er auch nicht zu haben, oder warum liegt er seinem Onkel auf der Tasche?"

"Weil er ihn sehr liebt", Ingrids Fistelstimme klang weinerlich.

"Wie kommst du denn darauf?"

"Er restauriert heimlich das Bild, das im Salon neben dem Kamin hängt. Damit sein Onkel es weiter befühlen kann." Jetzt zitterte Ingrids Stimme sogar leicht.

Der Graf schüttelte den Kopf. Da hatte die alte Dame wohl etwas missverstanden. Elmar hatte sein Leben lang noch nie etwas für jemand anderen getan, und schon gar nicht heimlich.

"Das kann ich mir nicht vorstellen", hörte er Renate.

Er nickte wieder.

"Ich habe aber gesehen, wie er mit einem kleinen Pinsel Farbe aufgetragen hat. Mehrmals sogar." Ingrids Stimme klang jetzt so, als wolle sie gleich in Tränen ausbrechen.

"Wer weiß, was er damit gemacht hat, restauriert jedenfalls nicht, schau dir das Bild doch einmal an!"

Der Graf stand auf, tastete nach dem Bild und dort zu dem kleinen Krater. Auf dessen Grund war es immer noch feucht, fast eine winzige Pfütze. Farbe war das aber nicht, dazu war es zu flüssig. Er zog seinen Finger heraus und roch daran. Es erinnerte ihn entfernt an Weihnachtsbäckerei. Ihm wurde wieder schwindelig, mit ausgestreckten Armen tappte er zu seinem Sessel.

Das Grollen eines aufziehenden Gewitters übertönte die Stimmen aus dem Nebenzimmer. Der Graf tastete nach der Feuerzange und stützte sich darauf, so dass sein Ohr ganz nah am Kamin war. Die Damen hatten jetzt offenbar ein neues Thema.

"Er wäre doch ein ideales Opfer. Findest du nicht, dass er von Tag zu Tag blasser und kränker aussieht?"

"Aber er ist sein Onkel", empörte sich Ingrid.

"Eben. Das passt doch. Schließlich haben wir uns auf Erbschleicher als Motiv geeinigt", Renates Rede endete in einem Hustenanfall.

Dem Graf wurde trotz der Schwüle kalt.

"Er liebt seinen Onkel aber", insistierte Ingrid und hatte wieder ihren beleidigten Ton.

"Naives Huhn", murmelte der Graf. "Deine Freundin hat ganz recht, er will erben." Er hatte Kopfschmerzen und ein pelziges Gefühl im Mund.

"Hast du einen besseren Vorschlag?", Renates Stimme klang ungeduldig.

Ingrid antwortete nicht.

"Gut. Dann kümmern wir uns jetzt um die Methode. Wie wäre es mit Vierteilen, Rädern, Ausdärmen, Steinigen oder Pfählen?", Renate lachte heiser.

Dem Grafen wurde übel.

Draußen stürmte es, dicke Regentropfen klatschten gegen die Fenster. Er hörte nicht, was Ingrid zu Renates Vorschlägen sagte.

In einer Pause zwischen zwei Donnerschlägen bekam er mit, dass sie sich offenbar darauf geeinigt hatten, dass er vergiftet werden sollte.

"Aber wie soll er ihm das denn verabreichen? Er kann es ihm ja nicht ins Essen mischen, das würde er sicher merken, bestimmt hat er einen sehr ausgeprägten Geschmackssinn", hörte er noch Ingrids Stimme, bevor der nächste Donner krachte.

Sein Finger, an dem immer noch die Flüssigkeit aus dem Bild klebte, fühlte sich taub an. Er leckte vorsichtig daran. Wieder die Ahnung von Weihnachtsbäckerei. "Bittermandel!", schoss es ihm durch den Kopf. "Blausäure!"

"Das Bild!", brüllte er in den Kamin. "Das Gift ist auf dem Bild!"

Die Autorinnen hörten ihn nicht. Ingrid jammerte wieder, Renate sagte lakonisch "Stromausfall", und ihr Feuerzeug schnappte.

"Das Gift ist auf dem Bild!", rief der Graf noch einmal und schlug mit dem Feuerhaken gegen das Kamingitter.

"Gut erkannt!", hörte er die kalte Stimme seines Neffen in der Tür.

"Das wirst du büßen." Der Graf stach mit der Feuerzange in die Richtung aus der die Stimme kam. Die lachte nur höhnisch und der Graf hörte die klackenden Schritte, aber leiser und zögerlicher als sonst.

Der Wind heulte um das alte Gemäuer, irgendwo klapperte ein Laden.

"Ein blinder, alter Tattergreis kann schon mal unglücklich stürzen", hörte er die höhnische Stimme. Er roch das süßliche Aftershave und ihm wurde wieder übel.

Plötzlich ein Krachen, das nicht vom Donner kam. Elmar war gegen ein Möbelstück, es musste der Schreibtisch sein, gestolpert. Der Graf holte tief Luft, umklammerte den Feuerhaken, machte einen Schritt zum Schreibtisch und schlug zu - so fest er konnte. Er traf.

Dicht vor sich hörte er Elmar fluchen; dann klickte etwas. Er wich ein Stück zurück.

"Gib dir keine Mühe. Jetzt wo das Licht wieder da ist kannst du mir nicht entkommen!" In den Geruch des Aftershaves mischte sich der von Schweiß. Der Graf spürte Elmars Hand an seinem Hals.

"Stopp!"

Elmar ließ los.

Renates Stimme kam diesmal nicht durch den Kamin, sondern von der Tür. Zigarettenrauch breitete sich im Raum aus. "Geben Sie auf. Die Polizei wird gleich hier sein. Wir haben durch den Kamin alles mitbekommen", sagte sie und begann zu husten.

Der Freundschaft zuliebe

Dirk-Uwe Becker (Linden/Schleswig-Holstein)

„Würdest Du das für mich tun?" Franks Stimme klang nicht nur bittend, sie klang beinahe schon ängstlich. Klar – klar würde ich das für ihn tun. Was für eine Frage! Frank und ich waren Freunde, seit wir zusammen im Sandkasten des Kindergartens einen Regenwurm in der Mitte zerrissen und jeder dann ein Ende hinuntergeschluckt hatten. Unsere Freundschaft überdauerte Schulwechsel, Pubertät, erste Freundinnen, das Studium, sogar wechselnde Arbeitsstellen und Wohnorte. Wir waren nun beide knapp fünfzig, also fast auf halber Höhe der Lebensleiter. „Sicher, Frank", antworte ich ihm. „Ist klar; ich mache das. Sag mir nur, wann."

„Hier." Ich schob Frank die schmale Stiege empor, lotste ihn durch einen mit Staffage vollgestellten Flur, bugsierte ihn in einen dunklen Raum und drückte auf den Lichtschalter. Eine nackte Glühbirne erleuchtete spärlich die Umgebung. Wir befanden uns in einem eher breiten Raum mit ziemlich geringer Tiefe. Die gesamte Stirnseite nahm ein von der Decke bis zum Boden reichender Vorhang ein. Dicker Stoff. „Schallschutz", sagte ich. „Der Verkehr von der Hauptstraße käme sonst ungebremst durch, deshalb … aber er stört doch nicht, oder?" Frank schüttelte den Kopf. „Nein, nein. Ganz und gar nicht." In der Mitte des Raumes stand ein Himmelbett. Gusseisen. Mit Messingknöpfen und Verzierungen an Kopf- und Fußende. Der Baldachin aus rotem Satin. Zwischen Wand und Bett eine alte Kommode. Die Füße geschwungen. Löwentatzen. Darauf eine Waschschüssel und ein Krug. Beide leer. Fast wie im Film. Am Bettende ein reich geschnitzter Stuhl, Rokoko. „Da könnt Ihr Eure Sachen drüber legen", meinte ich und wies dann auf die hinter uns befindliche Wand. „War nicht leicht zu finden!" Der Tanz der Elfen um eine Quelle. Heliogravüre vom Ende des 19. Jahrhunderts. Franks Augen glänzten. „Alles … alles ist so wunderbar und toll und … ich weiß gar nicht, wie ich Dir dafür überhaupt danken soll!" „Ach was", wehrte ich ab. „Dafür sind wir doch Freunde, oder?"

Vorsichtig tasteten sie sich an der Wand entlang. „Es ist hier gleich." Franks Stimme klang entschlossen und voller Vorfreude. Susann hatte Mühe, mit ihm Schritt zu halten. Was wollte Frank mit ihr zwischen all dem Gerümpel? Da war sie anderes gewohnt. Aber gut, er wollte ihr unbedingt etwas ganz Spezielles bieten. Mal sehen, was er sich für sie ausgedacht hatte. „Voila!" Frank drückte auf den Lichtschalter. „Uih!" Susanns Augen glänzten. „Was ist denn das?!" Mit einem breiten Grinsen trat Frank vor das Bett, ließ sich hinein fallen. „Für uns, Liebling. Ganz allein für uns. Komm her!" Mit einem vor Staunen immer noch offenen Mund trat Susann näher, umrundete das Himmelbett, strich mit den Fingern über die Kommode, ließ sich kurz auf dem Rokoko-Stuhl nieder und warf sich dann mit voller Wucht aufs Bett, in Franks Arme. „Du bist ein Schatz, weißt Du das? Ich liebe Dich!" Frank drückte ihren Kopf an seine Brust. „Ich liebe Dich auch. Wenn Du nur wüsstest, wie!" Hinter dem dicken Vorhang, der die Wand auf der gesamten Längsseite des Raumes bedeckte, erklang ein Geräusch wie ein kaum wahrnehmbares Murmeln. Susann horchte auf. „Mach Dir nichts draus", sagte Frank. „Der Vorhang dämpft den Straßenlärm. Wir sind hier ungestört. Die ganze Nacht lang. Ist das nicht schön?" „Ja, wunderschön!", hauchte Susann und ließ ihren Kopf wieder in Franks Arme sinken.

„Einen Augenblick, meine Damen und Herren!" Der Conférencier auf der Bühne hob beschwichtigend seine Hände. „Lassen Sie mich bitte vorher noch unseren Ehrengast begrüßen, Leonhard Borowski, den Polizeipräsidenten." Beifall brandete auf. „Sehr geehrter Herr Borowski, ich bin erfreut, dass Sie als engagierter Ehrenmann und oberster Schützer von Recht und Ordnung unserer Stadt uns heute die Ehre geben, unser Gast zu sein!" Wieder Beifall, diesmal etwas verhaltener. Von der anderen Seite der Bühne näherte sich eine junge Frau. „Meine Damen und Herren", begann sie. „Heute Abend präsentieren wir Ihnen zum Auftakt unserer großen Tombola das Stück ‚Romeo und Julia', in einer gestrafften Inszenierung für die Bühne von Konrad de Baer, unserem Theaterintendanten." Diesmal tosender Beifall. Ich erhob mich von meinem Platz, verneigte mich kurz in alle Richtungen. Kultur ist in dieser Provinz doch verschwendet, dachte ich und setzte mich wieder. Als ob man ‚Romeo und Julia' auf einen Akt kürzen könnte. Das reißt dem Stück doch das Herz aus der Brust. Aber was soll's? Theater. Alles in dieser Welt ist nur Theater.

Susann hatte ihr Kleid ausgezogen und über den Stuhl geworfen. Es hing, etwas in sich verdreht, wie ein Fledermausflügel über der Lehne. Frank hatte sich ebenfalls seiner Jeans, der Schuhe und Strümpfe sowie des Hemdes entledigt und lag nun, im Slip, ausgebreitet wie zur Kreuzigung auf dem Laken. Vorsichtig hob Susan seinen Slip an. „Alles klar", sagte sie. „Wenn etwas fest steht, dann, dass das hier ein ganz besonders prickelnder Abend wird!" Frank knöpfte ihr Bustier auf, entließ die prallen Brüste in die Nähe seiner sehnsuchtsvoll geöffneten Lippen und hob Susann mit beiden Händen auf seinen Unterleib, deren Lippen unter vorfreudigem Stöhnen noch die Worte formten: „Sollten wir nicht … das Licht …" Der schwere Vorhang zitterte leicht, fing an, sich zu bewegen.

Der Beifall ebbte ab, als der Vorhang sich hob. Es wurde still im Saal. Die Beleuchtung ging aus. Ein Punktstrahler schnitt die Szene in der Mitte der Bühne aus dem Dunkel, ließ Eisen und Messing glänzen, roten Satin. Die einzigen beiden Schauspieler bereits voll in Aktion. Außer Keuchen kein Laut. Lebensecht. Absolut. Und eine sehr freizügige Inszenierung. Aber von Konrad de Baer war man so etwas gewohnt. Realistisches Theater. Unzählige Augenpaare verfolgten das Geschehen mit atemlosem Interesse. Dann ein Schrei: „Susann!" Der Polizeipräsident war aufgesprungen, stürmte durch die Tischreihen, erklomm die Treppe zur Bühne und stand mit einem Male im Scheinwerferkegel. Die beiden Schauspieler hatten inne gehalten. Die Frau hob ihre Arme vor die nackten Brüste, die Augen weit aufgerissen und stammelte: „Du?" Der Mann, verwirrt und irritiert, hüllte sich in das Bettlaken. „Was? Wer?" Zu mehr kam er nicht. Drei Schüsse. Satinfarbenes Rot bedeckte die Brust der Frau, lief über ihren wunderschönen Körper, auf die Decke. Aus ihrem immer noch offenen Mund brach ein Schwall gleichfarbigen Rots, ergoss sich auf den Bühnenboden, umfloss die glänzenden Schuhspitzen des Polizeipräsidenten, der den Revolver langsam sinken ließ. Vereinzelter Applaus aus dem Publikum. So realitätsnah. Phantastisch. Der de Baer ist ein Genie! Der Beifall wurde stärker.

Am nächsten Tag überflog ich die Morgenzeitungen. Die Presse war voll von Berichten über den Mord beim gestrigen Wohltätigkeitsbasar. Der Polizeipräsident hatte auf der Bühne seine eigene Ehefrau erschossen. Nun saß er in Untersuchungshaft, war kaum ansprechbar und hatte sich willenlos festnehmen lassen. Ich gehörte zu den Leuten, die meinten, dass er es verdient habe, angeklagt zu werden, weil er korrupt sei und im Milieu mitgemischt haben soll. Das wäre mir egal gewesen, aber durch ihn habe ich meine Liebe verloren. Eine Nachtclubsängerin, die, als sie aus dem Bordellbetrieb eines Golfkumpanen des Polizeipräsidenten aussteigen wollte, verhaftet und in eine Zelle eingesperrt wurde, in der sie sich später das Leben nahm. Oder wurde es ihr genommen, aus Angst vor eventuell belastenden Aussagen?

Frank musste im Krankenhaus wegen des Schocks behandelt werden. Ich habe ihn heute besucht. Er war immer noch benommen von den Medikamenten. Stammelte wirres Zeug - „Was ist da denn passiert …. warum … wieso … weshalb …?". Ich hätte es ihm erklären können. Aber ich wollte nicht, dass deswegen seine Medikamentendosis erhöht werden musste. Hätte er es verstanden? Vielleicht. Wahrscheinlich aber nicht. Es war sein erstes Date mit Susann. Die Frau des Polizeipräsidenten, deren Mann auf so vielen ehrenamtlichen Hochzeiten tanzte, so dass sie zu Hause verkümmerte. Vor drei Monaten hatte mir mein Arzt die Diagnose mitgeteilt. HIV positiv. Gut, ich habe jetzt noch ein paar Jahre übrig und sehe dem Ende getrost ins Auge. Aber Frank. Der hat zwei Kinder, die studieren. Eine Frau, die wegen Rheuma im Rollstuhl sitzt und auf Hilfe angewiesen ist. Hätte ich das zulassen sollen? Dass mein Freund sich ebenfalls infiziert, womöglich? Fast ein Jahr war ich mit Susann zusammen, bevor sie genug von mir hatte und sich Frank angelte. Von meiner Beziehung zu Susann weiß Frank nichts. Auch nichts von meiner Diagnose. Ich habe vorhin im Krankenhaus beschlossen, es nicht zu erzählen, ihm noch einmal zum Abschied fest die Hand gedrückt, mein Mitleid bekundet und bin gegangen. Eine schöne Inszenierung, ja – darauf verstehe ich mich.

Rache in Grün

Wiebke Behrouzi (Darmstadt/Hessen)
Nominierte Preisträgerin

Das Geräusch des Pinsels auf der Leinwand war Balsam für ihre Seele. Zu sehen, wie vor ihren Augen das Bild entstand, die Formen sich entwickelten, langsam Gestalt annahmen, gab ihr diese innere Ruhe, nach der sie sich im Moment so sehr sehnte. Immer wieder hielt sie kurz inne, um sich in Arnulf hineinzuversetzen. Wie hätte er diesen Pinselstrich gesetzt? Welche Schattierung hätte er gewählt? Sie seufzte. Arnulf. Wie sehr er ihr fehlte. Er war ihr Lehrer gewesen, später waren sie ein Paar geworden. Nie hatte es ihr etwas ausgemacht, dass er 25 Jahre älter war als sie. Man hatte ihm die 70 Jahre nicht wirklich angesehen und im Geiste war er weit agiler gewesen, als manch Vierzigjähriger. Aber nun war er tot. Und deshalb malte sie jetzt dieses Bild.

Das Bild als Spezialauftrag für Manfred Schild. Schon, wenn sie an Schild dachte, spürte sie diesen Knoten in ihrem Bauch. Die feurige Wut auf diesen breit grinsenden Angeber, mit seinen gegelten Haaren, seinen Designerklamotten und seinen fetten Autos. Womit er genau sein Geld verdiente, wusste keiner so genau. Mal hieß es mit Waffenlieferungen an Saudi-Arabien, andere erzählten, er verdiene an der Textilindustrie in Bangladesch. Er selber sprach nie über seinen Beruf. Er verdiente Geld. Viel Geld. Das schien ihm zu reichen. Und er liebte es, dieses Geld auf protzigen Partys zur Schau zu stellen und sich dabei nicht nur mit blutjungen, langbeinigen Mädchen, sondern auch mit Künstlern zu umgeben. So hatten sie sich überhaupt kennen gelernt, Arnulf und er.

Arnulf, der kunstsinnige, sensible Arnulf war regelmäßig auf Schilds Partys gewesen. Nicht wegen der Party oder Schild selbst. Arnulf hatte Menschenansammlungen gehasst, noch getoppt von Menschenansammlungen mit zu lauter Musik und alkoholisiert kichernden, langbeinigen Mädchen. Man

hatte es Arnulf auf jeder dieser Partys schon vom Neben-
raum aus angesehen, dass er sich nichts sehnlicher gewünscht hatte, als überall zu sein, nur nicht hier auf dieser
Party. Aber wie die meisten Künstler hatte auch Arnulf von
seiner Kunst kaum leben können. Immer wieder ging ihm
das Geld aus und er musste sich bei Freunden und Bekann-
ten etwas leihen, um die Miete und seinen übrigen Lebens-
unterhalt bestreiten zu können. Dabei war er wirklich ein
begnadeter Künstler gewesen. Seine Bilder konnten reden.
Sie konnten dem Betrachter ganze Geschichten erzählen.
Arnulfs Dilemma hatte jedoch darin bestanden, dass die
wenigsten Menschen dieses Reden seiner Bilder hören konnten. Schon gar nicht die, welche die Möglichkeit gehabt hätten, größere Summen für ein solches Bild zu bezahlen.

Und so war Arnulf an Schild geraten. Schild hatte sich von
Arnulfs Bildern begeistert gezeigt, obwohl sie bezweifelte,
dass Schild die Bilder auch nur im Ansatz verstand und dass
sie ihm etwas sagten. Aber Schild hatte Arnulf, als er gerade
mal wieder kurz vor der Pleite stand, gleich fünf Bilder für
einen stattlichen Preis abgekauft, dazu noch zwei große Plas-
tiken. Und damit hatte er, das wussten sie beide, indirekt
auch Arnulf selbst gekauft. Die Schulden waren weg. Aber
dafür war Arnulf jetzt abhängig. Schild hatte die Bilder an
prominenten Stellen in seiner sonst steril-protzigen Archi-
tekten-Villa aufgehängt und liebte es, auf seinen Partys, ein
Glas Prosecco in der Hand, mit wichtigen Personen an diesen Bildern vorbei zu schlendern und über seine Kunstsin-
nigkeit und sein Mäzenatentum zu schwadronieren. Die Erinnerung würgte sie. Diese wirtschaftliche Abhängigkeit hatte Arnulf einiges an Kreativität gekostet. Die Aufträge von
Schild, die nun regelmäßig eingingen, forderten ihn kreativ
nicht heraus. Er produzierte Bilder. Aber sie hatten ihre
Sprache verloren. Es war einfach nur Farbe auf Leinwand,
mehr oder weniger flächig angeordnet. Aber die Bilder erzählten keine Geschichten mehr. Arnulf war am aller un-
glücklichsten darüber. Oft war sie davon aufgewacht, dass er
sich nachts im Bett von einer Seite auf die andere warf, mit
sich und seiner Muse hadernd. Sie hatte ihn gedrängt, das

Abhängigkeitsverhältnis von Schild aufzugeben, um wieder frei und kreativ zu sein. Arm, aber frei. Aber Arnulf hatte es nicht geschafft. Er hätte sich schäbig gefühlt, nach allem, was Schild finanziell für ihn getan hatte, die Verbindung zu kappen. Und sie stand finanziell als Künstlerin auch nicht gut da. Sie war durchaus begabt, ja, aber am Monatsende wurde es doch immer eng. Immerhin hatte sie mit der Kunst-AG, die sie dreimal in der Woche im hiesigen Gymnasium leitete, ein halbwegs geregeltes Einkommen. Für die Miete für sie beide hätte diese Einnahme aber auch niemals ausgereicht.

Sie setzte einen erneuten schwungvollen Pinselstrich. Das satte Grün leuchtete auf der Leinwand. Genau so hätte Arnulf den Pinselstrich gesetzt. Ein Hustenanfall schüttelte sie, bis ihr Kopf hochrot war. Sie wischte die Tränen mit dem Ärmel aus den Augenwinkeln. Dieser elende Husten. Dieses elende Virus. Dieser elende Schild.

Schild hatte auf seiner letzten Party damit geprotzt, dass er als einer der letzten, bevor die Pisten geschlossen wurden, in Südtirol seinen Skiurlaub nicht hatte abbrechen müssen. Mit chicem Hotel, fetten Partys beim Après Ski und allem, was dazu gehört. Mit einer überheblichen Mischung aus Husten und Lachen hatte er Arnulf auf die Schulter geschlagen, als er ihm davon erzählte, wie er den Kellnern am Frühstücksbuffet Beine gemacht hatte, als der Kaviar nicht an seinem Platz stand. Drei Tage später war Schild positiv auf das Coronavirus getestet worden.

Arnulf war bei dieser Nachricht blass geworden, wissend um die Ansteckungsgefahr und sich selbst als mittig in der Risikogruppe mit seinen 70 Jahren und seinem Diabetes. Einige Tage hatten sie gezittert, bis Arnulf eine Woche später Fieber bekam und zu husten begann. Danach war es ihm praktisch stündlich schlechter gegangen. Er war ins Krankenhaus gekommen und keine Woche später auf der Intensivstation gestorben. Die Ärzte hatten ihm nicht helfen können. Noch gab es kein Medikament gegen dieses heimtückische Virus. Sie hatte sich bei Arnulf angesteckt und war vom örtlichen Gesundheitsamt unter häusliche Quarantäne gestellt worden. Mit einem milden Verlauf, wie es hieß und auch Schild ihn hatte. Sie hatte kurz etwas Fieber gehabt und wurde immer wieder von Hustenanfällen geschüttelt. Milder Verlauf eben. Aber sie war hier eingesperrt. Eingesperrt mit ihren Gedanken, ihrer Wut, die über die Tage in glühenden Hass umgeschlagen war.

Nach dem negativen Test vor vier Tagen war die Quarantäne nun aufgehoben worden.

Ein herrliches Grün. Sie trat einen Schritt zurück und blickte mit halb geschlossenen Augen auf die Leinwand. Arnulf hätte dieses Grün geliebt. Schweinfurter Grün, auch Pariser Grün genannt, hatte sie schon immer fasziniert. Kupfer(II)-arsenitacetat, so die chemische Bezeichnung, war im 19. Jahrhundert eine beliebte Malerfarbe gewesen. Geschätzt wegen seiner Farbintensität und Lichtechtheit, fiel jedoch schon bald seine Giftigkeit auf, sodass es bereits 1882 in Deutschland als Farbe verboten worden war. Die Farbe gab Arsen an die Raumluft ab und führte so zu Vergiftungen. Bis heute streitet die Forschung darüber, ob Napoleon Bonaparte das Arsen, das in seiner Haarprobe nachzuweisen war, über die leuchtend grüne Farbe seiner Tapeten aufgenommen hat.

Im Gymnasium, in dem sie die Kunst-AG anbot, gab es eine stattliche Chemie-Sammlung. Die Schule war, weil dort in kleinen Lerngruppen eine Notbetreuung stattfand, trotz der allgemeinen Schulschließung geöffnet. Unter dem Vorwand, angefangene AG-Arbeiten zur Erörterung mit den Schülerinnen abholen zu wollen, war sie in die Schule gefahren. Der Chemielehrer hatte nicht nachgefragt, als sie um etwas Aceton aus der Chemiesammlung zum Reinigen der Pinsel gebeten hatte. Er hatte ihr beschrieben, wo sie das Aceton finden würde und ihr den Schlüssel zur Sammlung überlassen. Die Gläser mit den übrigen Chemikalien in ihrer Tasche hatte niemand bemerkt, als sie ihm den Schlüssel zurückgegeben hatte. Es hatte sie etwas Mühe gekostet, die Reaktion in Gang zu setzen und die entsprechende Verbindung herzustellen. Schließlich war es ihr aber gelungen, ein strahlend grünes Pigment und aus ihm eine klassische Ölfarbe herzustellen.

Auf der Intensivstation hatte Arnulf, aus dem Bedürfnis heraus sie zu versorgen, verfügt, dass Schild seine letzten drei Bilder bekommen sollte. Eines der Bilder würde sie zurückbehalten und stattdessen ein Bildnis in Grün, nach einer Skizze von Arnulf, für Schild malen. In diesem leuchtenden Grün. In dem leuchtenden Grün, das sie extra für Schild hergestellt hatte. Schild sollte seine drei Bilder bekommen, wie Arnulf es verfügt hatte. Alle drei. Auch das Bildnis in Grün. Und er sollte erst viel später merken, wie speziell es für ihn gemalt worden war, wenn das Arsen sich in der Raumluft der protzigen Villa verteilt hatte und seine Wirkung tat.

Sie hatte Rache genommen. Rache in Grün.

Das Manuskript

Martina Berscheid (Homburg/Saarland)

Jetzt hatte Linda ihm schon wieder was zum Lesen hingelegt. Erst vor einer Woche hatte er ihr gesagt, dass sie ihn damit verschonen soll, dass er dafür den Kopf nicht frei hat, zu viel Stress und so weiter. Er dachte, er hätte sich deutlich ausgedrückt.

Er schiebt die Papiere, die säuberlich aufgestapelt neben seinem Gedeck liegen, zur Seite. Wenigstens hat Linda schon gekocht. Aus der Küche riecht es nach gebratenem Fleisch. Endlich hat sie verstanden, dass er etwas Vernünftiges zum Essen braucht. Nicht irgendein grünes Gemüse mit Kartoffeln oder Exotisches wie Thai-Curry, an dem sie sich versucht.

Er würde ja auch mal kochen - er weiß schon, wie man ein ordentliches Rumpsteak mit Röstzwiebeln macht - aber einer muss schließlich die Brötchen verdienen, wenn sich die andere als Schriftstellerin versucht. Mit Betonung auf versucht. Lange schaut er sich das nicht mehr an.

Linda kommt aus der Küche. Gut sieht sie aus. Statt des ewigen Zopfes trägt sie das Haar offen, wie er es mag. Weg ist die Blässe der vergangenen Tage, ihre Wangen sind gerötet von der Kochhitze, das Gesicht wirkt voller.

Deine Selbstfindung als Schreiberin macht dich nicht gerade hübscher, hat er letztens zu ihr gesagt. Sie hat's kommentarlos geschluckt.

„Hallo Konrad", grüßt sie ihn. „Ich hab dein Lieblingsessen gekocht."

„Habe ich gerochen." Er stellt die Aktentasche neben den Tisch. „Dauert's noch lange?"

Sie schüttelt den Kopf. „Schon fertig", und verschwindet wieder in der Küche.

Er ist ja gar nicht so, von wegen alte Rollenverteilung und so weiter. Und sie kann ja schreiben und das als Literatur bezeichnen. Hört sich besser an, als allen zu sagen, dass man keinen Job mehr findet und Hausfrau ist. Aber als Alleinverdiener kann er von seiner Frau verlangen, dass die zu Hause den Laden schmeißt.

Er geht ins Bad und wäscht sich die Hände. Die Armaturen blitzen. Kein Stäubchen liegt auf dem Boden. Anerkennend pfeift er durch die Zähne.

Als er ins Esszimmer zurückkommt, steht sein Teller schon auf dem Tisch: Zwiebelfleisch mit Klößen. Sich selbst hat sie nur einen Salat gemacht. Natürlich ohne Zwiebeln, die sie hasst. Er hatte ihr gesagt, dass das kein Grund ist, ihm welche zu verweigern. Er liebt Zwiebeln.

Die bedruckten Seiten liegen immer noch neben seinem Platz. Erwartungsvoll springen ihm die Buchstaben entgegen.

Nun gut, wird er sie eben lesen. Beim Essen mal drüberschauen. Da verschwendet er keine Zeit und zeigt guten Willen. Man muss ja auch mal ab und zu geben können.

„Das ist ganz neu", sagt Linda. „Deine Meinung ist mir sehr wichtig."

Sie schaut ihn von unten herauf an, lächelt. Sie sieht wirklich toll aus. Vielleicht sollte er ihr heute Abend zeigen, was ihm mal wieder wichtig ist.

Er setzt sich, beginnt zu essen. Köstlich. „Nicht schlecht", sagt er, zieht ihr Manuskript zu sich heran und beginnt zu lesen.

Es war keine Frage, ob Marie ihren Ehemann töten wollte. Es war die Frage, wie. Der Gedanke verfolgte sie bereits nach dem Aufwachen, wenn sich der Dunst des Schlafes gerade verzogen hatte, bis zum Abend, wenn sie neben ihm lag und hoffte, seine regelmäßigen Atemzüge nie wieder hören zu müssen.

Na, das war ja endlich mal spannend. Wie oft hatte er ihr gesagt, dass sie was anderes schreiben soll als ihren gesellschaftskritischen Kram. Okay, damit hatte sie ein, zwei Preise gewonnen, die aber sowieso niemanden interessieren. Und in die Bestsellerlisten kommt sie damit auch nicht.

Sex and Crime, hatte er ihr gesagt, das verkauft sich. Weiß doch jeder.

„Wie gefällt dir der Anfang?" Linda sieht ihn an wie ein Kind, das gelobt werden will.

„Lass mich lesen, dann kann ich dir meine fundierte Meinung dazu geben."

Okay, das war etwas schroff. Aber es nervt ihn so sehr, wenn sie ihn drängt. Dann verweigert er ihr erst recht, worum sie ihn bittet. Wenn sie sich infantil benimmt, muss er sie eben erziehen.

Er isst und liest weiter. Die Marie in der Geschichte überlegt, ihren Mann mit einem Kissen zu ersticken, fürchtet aber, dass er aufwacht und sie dann kräftemäßig nicht gegen ihn ankommt.

Der Kerl ist schon ekelhaft. Demütigt sie. Schlägt sie ab und zu. So was findet er daneben.

Okay, Ausrutscher kann es geben. Ist ihm auch schon passiert. Ein-, zweimal. Öfter bestimmt nicht. Vor ein paar Wochen, da hat Linda ihn wirklich extrem genervt. Er hatte einen ganz schlechten Tag. Ärger mit dem Chef, so was kennt sie ja nicht. Und sie redete ununterbrochen. Erst erzählte sie ihm, wie schön die Blumen im Garten blühten. Ob er nicht auch finde, dass sie „einen malerischen Herbst" hätten? Als er nicht reagierte, faselte sie von ihrer Beziehung, die eine „Belebung" brauche. Dass sie das Gefühl habe, dass sie ihm nichts mehr bedeute.

Jedes Wort war ein Hammer, der auf ihn einschlug. Er sagte, sie solle aufhören. Aber sie hörte nicht auf. Und da landete seine Hand halt in ihrem Gesicht. Purer Reflex. Tat ihm später dann doch leid. Aber ihre Schuld.

Im Text besorgt sich die Frau eine Pistole. Dann endet die Story.

Er schiebt die Seiten beiseite.

„Wie findest du es?", fragt Linda.

„Gar nicht so übel. Wobei, das mit der Pistole nehme ich ihr nicht ab", behauptet er, obwohl es nicht stimmt. Aber sonst hält Linda sich wirklich noch für die geborene Schriftstellerin. Und Selbstüberschätzung hat noch niemandem genutzt.

Er könnte jetzt noch eine Portion vertragen. Linda macht den Teller nie richtig voll. Nur weil sie auf ihre Figur achten muss, braucht er das noch lange nicht.

„Ich hab mir überlegt ...", beginnt sie.

„Ich möchte noch was zu Essen und dass du jetzt mal still bist", schneidet er ihre Frage entzwei. Aus dem Augenwinkel sieht er, wie sie zurückzuckt. Er hat den Text doch gelesen und was dazu gesagt. Was nervt sie denn noch? Er braucht seinen Feierabend, verdammt! Linda sieht ihn an. Ihre zusammengepressten Lippen mühen sich an einem dünnen Lächeln. Klar, sie will jetzt Haltung bewahren. Sie nimmt seinen Teller, verschwindet in der Küche und taucht kurz darauf wieder mit ihm auf, bis zum Rand gefüllt. Sie nimmt das Manuskript und bringt es in ihr „Arbeitszimmer" - als ob ihre Schreiberei Arbeit wäre. Danach zieht sie sich in die Küche zurück.

„Ich ruhe mich ein wenig aus", sagt er, nachdem er aufgegessen hatte und schlendert ins Wohnzimmer. Auf dem Sofatisch liegt seine Zeitung bereit. Er lächelt. Wie vorausschauend von Linda. Worte des Dankes prickeln auf seiner Zunge. Er schluckt sie herunter. Er will, dass Linda sich weiterhin Mühe gibt.

Er lehnt sich in den Sessel zurück, schlägt den Wirtschaftsteil auf. Linda klappert in der Küche herum, schrubbt und putzt. Wahrscheinlich will sie ihren Fehltritt wiedergutmachen. Zufriedenheit dehnt sich in ihm aus.

Am Abend sieht er fern. Linda werkelt irgendwo im Haus herum. Eigentlich wäre es doch ganz schön, wenn sie sich jetzt zu ihm setzen würde. Schmollt sie etwa?

Er zappt durch die Programme. Seine Laune verdunkelt sich. Ärger steigt in ihm hoch. Kratzt in der Kehle, er schluckt. Er holt sich ein Glas Wein. Es hilft nicht.

Gegen Mitternacht geht er schlafen. Lindas Seite des Bettes ist unberührt.

Vermutlich sitzt sie wieder an ihrem blöden Text.

Dieses Halskratzen. Verdammt, hatte er sich doch bei seinem Kollegen angesteckt, der schon seit Tagen verschnupft ist? Er schluckt gegen das Brennen an. Irgendwann schläft er dennoch ein.

Mitten in der Nacht fährt er hoch. Schmerzen zerreißen seinen Magen. Er versucht aufzustehen, doch Schwindel packt ihn.

„Linda!", ruft er. Keine Antwort. Seine Hand zittert nach dem Schalter der Nachttischlampe. Er blinzelt ins aufflammende Licht. Linda ist nicht da.

Er steht auf. Taumelt. Würgt. Hält sich den Bauch und schleppt sich ins Bad. Erbricht sich auf den Boden. Angst rast durch seinen Körper. Schüttelt ihn. Er keucht. Ringt nach Luft.

Langsam öffnet sich die Badezimmertür. Linda tritt ein. Bleibt stehen. Sie trägt ihren Mantel. Stellt ihre Reisetasche ab. Wieso ...

Sie beugt sich zu ihm hinab. „Du hattest recht", sagt sie. „Das mit der Pistole war eine blöde Idee. Aber das wusste ich vorher schon."

Was redet sie da? Und warum hat sie den Mantel an? Sie soll ihm helfen, den Arzt rufen, irgendwas ...

Sie legt den Kopf schief, als könnte sie ihn so besser betrachten. „Gift passt doch viel besser zu einer schwachen Frau."

Er starrt sie an.

„Die Herbstzeitlose hat so schön geblüht im Garten. Ich hab dir davon erzählt, erinnerst du dich? Und da kam ich auf die Idee ..." Sie lächelt. „Ihre Zwiebeln haben dir ausgezeichnet geschmeckt, nicht wahr?"

Langsam sickert das Begreifen in sein Hirn, während der Schmerz mit eisernen Fingern zupackt. Er streckt die Hand nach ihr aus. Ihm ist so schwindlig.

„Linda". Die Worte versanden in seiner Kehle.

„Ciao, Konrad!"

Das Letzte, das er von ihr sieht, ist ihr Lächeln. Bevor sie die Tür schließt. Den Schlüssel umdreht. Und ihn allein zurücklässt.

Schauspiel

Sonja Bethke-Jehle (Bensheim/Hessen)

„Das Opfer ist gestorben."
Mia atmete tief durch und nickte ihrem Kollegen zu. Nun war aus dem Mordversuch ein Mord geworden. Oder war es ein Selbstmord? Ein Unfall? Nick nahm zwei Stufen der schmalen Treppe zur Bühne hinauf und stellte sich neben sie. Einen Moment lang betrachteten sie den Tatort, eine breite Bühne in einem großen Saal vor zahlreichen Zuschauerplätzen. Die Odenwaldhalle war knapp 800 m² groß.
Der Schauspieler hatte in dem Theaterstück einen Selbstmörder gespielt und sich vor dem Publikum vergiftet. Zunächst waren die Leute beeindruckt von der schauspielerischen Leistung gewesen, viel zu spät hatten sie bemerkt, dass das Würgen, die Schweißausbrüche und Krämpfe nicht gespielt waren. Eine Ärztin, die im Zuschauerraum gesessen hatte, versuchte vergebens Erste Hilfe zu leisten. Als der Krankenwagen eintraf, litt das Opfer bereits unter starken Schmerzen und Lähmungen. Die Analyse im Labor ergab, dass das Wasser im Kelch mit Eisenhut vermischt gewesen war - genauso wie laut Drehbuch innerhalb des Stückes vorgesehen.
Mia runzelte die Stirn und versuchte sich zu konzentrieren. Sie betrachtete den umgekippten Stuhl, auf dem das Opfer gesessen hatte. Die Kollegin des Verstorbenen, die in dem Stück seine Geliebte spielte, saß im Zuschauerraum und weinte, während eine Psychologin sie betreute. Das Publikum war bereits im Foyer und wurde dort befragt. Durch die Leere des Raumes schallte ihr Weinen unnatürlich laut zu ihnen hinauf und verursachte, dass es Mia schwerfiel nachzudenken.
„Wer hatte Zugang zu dem Wasser?", fragte Mia ohne Nick anzusehen. Sie konnte die Wärme spüren, die von seinem Körper ausging. Es war beruhigend.
„Du meinst sicher, wer hatte ihn *nicht*? Das aufzuzählen wäre zeitsparender." Nick berührte ihre Schulter, dann ging er um

den Stuhl herum und blätterte in dem Drehbuch, das ihnen zur Verfügung gestellt worden war.

„Es gibt keinen Abschiedsbrief. Und warum sollte er diese Art von Selbstmord wählen?", überlegte Mia.

„Weil er einen letzten großen Auftritt haben wollte?" Nick hörte sich zweifelnd an.

„Und wie kann es ein Unfall sein? Wie sollte der Eisenhut in das Wasser gelangen? Aus Versehen ist jemandem Gift in den Kelch reingefallen, oder wie genau soll ich mir das vorstellen?" Mia drehte sich um und betrachtete die Mitarbeiter des Theaters; die Künstler, Techniker und Organisatoren, die weiter hinten im Saal von Polizisten befragt wurden. Sie hatte keine Ahnung, wie viele Menschen unterschiedlicher Berufe an einem Theaterstück arbeiteten. Mias Blick ging über die Stuhlreihen nach vorne. Die Schauspielerin schien sich immer noch nicht beruhigen zu können. Die Psychologin hatte ihr ein Glas Wasser besorgt und versuchte sie dazu zu bringen, mit ihr zu sprechen. Doch immer wieder wurde der schmale Körper von Weinkrämpfen erschüttert.

„Hatten die in echt eine Affäre?", fragte Nick und runzelte die Stirn.

Mia hob die Schultern, dann kletterte sie von der Bühne. Sie trat näher an die Schauspielerin. Nicks Gedanke war nicht so abwegig, und wenn er sich als korrekt herausstellen sollte, könnte die Frau ihnen einige Hinweise geben. Noch bevor sie die Frau ansprechen musste, begann diese schluchzend zu sprechen. „Ich glaube … ich denke … er hat sich umgebracht. Oh, nein. Ich konnte ihn nicht retten. Er war so verzweifelt. Niemand hat es geahnt, aber ich wusste es, doch ich habe es auch niemandem gesagt."

Alarmiert setzte Mia sich neben die Darstellerin. „Wieso haben Sie diesen Verdacht, Frau Tinn?"

„Er hat sich mir vor einigen Wochen das erste Mal anvertraut. Er kam nicht damit klar, dass … dass ein Mensch wegen ihm gestorben ist." Die Frau schluchzte, dann straffte sie ihre Schultern und nahm die Taschentücher der Psychologin an.

„Erzählen Sie mir alles", bat Mia und versuchte dabei ruhig zu klingen.

Die Frau blickte Mia an, dann redete sie weiter: „Er war Zeuge bei einem grauenhaften Autounfall vor fünf Jahren. Er hat angehalten, aber er war wie erstarrt. Konnte nichts tun. Stand sogar zusammen mit anderen den Ersthelfern im Weg und dann … dann hat er was ganz Blödes gemacht: Er hat die Unfallstelle fotografiert. Am nächsten Tag hat er aus der Zeitung erfahren, dass der Mann gestorben ist, und dass die Schaulustigen seine Rettung vielleicht sogar verhindert haben."

Mia presste ihre Lippen zusammen.

„Er wusste, dass das ganz blöd gewesen war, und er versteht bis heute nicht, warum er so etwas getan hat", versuchte Tinn ihren Kollegen zu verteidigen. „Er hat sich das nie verzeihen können."

Menschen, die die Arbeit von Ärzten, Ersthelfern, Feuerwehr und Polizei behinderten, verurteilte Mia. Sie hatte leider schon viel zu oft mit solchen Menschen zu tun gehabt. „Wirkte er traumatisiert?", fragte sie.

Tinn schüttelte den Kopf. „Man hat ihm nichts angesehen, aber er hat sehr darunter gelitten, konnte nachts nicht schlafen, nahm Antidepressiva, manchmal auch andere Sachen. Ich hätte ihm helfen sollen … ich …" Sie begann wieder zu weinen.

Aus den Augenwinkeln sah Mia, dass Nick zur Garderobe ging. Sie musste mit ihm reden, ihm sagen, dass sich ihre Ermittlungsarbeit ändern musste, und dass sie sich auf die Suche nach einem Abschiedsbrief und weiteren Beweisen für eine mögliche Selbsttötung begeben mussten.

„Ich habe ihm gesagt … er muss sich Hilfe holen. Aber … aber … er wollte nicht … sagte, er hätte das verdient. Er …"

Mia berührte ihre Schultern. „Sie können nichts dafür, Frau Tinn. Bitte halten Sie sich für weitere Fragen bereit." Sie lief Nick hinterher und holte ihn an der Holztür ein. Die Dielen knarrten, als sie ankam. Mit einer ungeduldigen Geste deutete sie an, dass sie nach Nick in den Gang treten würde und hielt ihm die Tür auf. Als sie neben ihm lief, hörte sie, wie sich die Tür mit einem leisen Klicken schloss.

„Und?", fragte er.

„Vielleicht sollten wir Selbstmord nicht gleich ausschließen. Er nahm Psychopharmaka und ...“

Nick blieb abrupt stehen. „Selbstmord auf der Bühne? Wo es jeder sieht?“

„Vielleicht dachte er, das ist genau die Strafe, die er verdient hat“, überlegte Mia und nahm den schnellen Schritt wieder auf. Nick folgte ihr. Sie erzählte ihm, was sie soeben erfahren hatte.

„Er wollte also, dass so viele Menschen ihn sterben sehen, weil er glaubte, es verdient zu haben?“, fasste Nick zusammen.

Mia nickte. „Er wollte sich selbst bloßstellen, brauchte Zeugen, brauchte Schaulustige, die sein Sterben begaffen. Das war seine Art, Erlösung zu finden.“

Mit einer ruckartigen Bewegung schüttelte Nick den Kopf. „Dann hätte es einen Abschiedsbrief gegeben.“

„Wir müssen ihn suchen. Und wir werden ihn finden“, kündigte Mia an. Erneut hörte sie das Klacken der Tür. Ein Frösteln überzog ihre Haut, und auf einmal hatte sie das Gefühl, nicht mehr mit Nick alleine zu sein. Sie drehte sich hastig um, konnte aber nichts erkennen. Sie schauderte. Der Gang war nur spärlich beleuchtet. Als Nick ihr Handgelenk packte, hörte sie Schritte.

Dann erschien eine weibliche Silhouette vor ihnen, und einen Moment später entpuppte sich der Schatten als ihre Kollegin. Mia verdrehte wegen ihrer eigenen Schreckhaftigkeit die Augen.

„Wir haben Spuren von Eisenhut in einem der Spinde gefunden“, sagte die Kollegin und hielt ihr ein Tütchen mit einer Labor-Mikroplatte hin. Sie atmete schwer, so als hätte sie es eilig gehabt. Ihr rotes Haar stand wirr in alle Richtungen.

„Das ist nicht der Spind des Opfers“, murmelte Mia und berührte das Etikett auf dem Beweisbeutel. „Wer ist Lars Müller?“

„Ein Praktikant der Frisörin“, antwortete die Polizistin eifrig. „Und in dem Spind haben wir ganz viele Fotos gefunden mit Bildern von Müller und einem jungen Mann“, ergänzte sie, dann drehte sie sich um, um wieder davonzueilen.

Sofort zog Nick sein Telefon aus der Hosentasche. Mia wusste, was er vorhatte. Sie arbeiteten seit dem Escape-Room Fall auf der Burg Breuberg so eng zusammen, dass sie seine Arbeitsweise kannte. Er würde sofort zu der Wohnung des Verdächtigen fahren, sich aber zur Sicherheit Verstärkung dorthin bestellen.

Mia jedoch wollte vorher noch etwas klären. „Warte kurz", bat sie und sah Nick eindringlich an.

„Mia!", rief er ihr hinterher.

„Park das Auto schon mal aus", befahl Mia und wandte sich im Laufen um. Sie öffnete die Holztür und fand sich wieder im großen Saal. Tinn war im Begriff aufzustehen. „Warten Sie. Wissen Sie, wer Lars Müller ist?", fragte Mia.

Die Frau drehte sich um und sah sie erstaunt an. „Ja."

„Und?", fragte Mia ungeduldig.

„Das ist der jüngere Bruder des Opfers. Seine Anwesenheit war der Grund, warum ihn das alles wieder so aufgewühlt hat. Er hat sehr darunter gelitten, dass ..."

Mia schüttelte den Kopf. „Erzählen Sie mir das später. Ich muss weg."

Sie hatten die Mordwaffe und jetzt kannte sie auch das Motiv. Es war Rache. Rache für den Tod des älteren Bruders. Wie theatralisch, so zu morden, wie der Bruder gestorben war: Unter der Anwesenheit schaulustiger Zuschauer. Es war einer Theatervorstellung würdig.

Neuer Realismus

Ulrich Borchers (Flensburg/Schleswig-Holstein)

„Ignorantenpack", schimpft Benno nach der Lektüre des Antwortschreibens. Er knüllt das Papier, wirft es in die Luft, um es anschließend gekonnt in die andere Ecke des Ateliers zu kicken. Sein Atem geht schwer und schnell. Die Wut lässt sich durch diese technisch perfekt ausgeführte Aktion nicht unterdrücken. „Definitive Absage", „nicht kompatibles Kunstverständnis", „durchaus Anerkennung des handwerklichen Könnens", … die Formulierungen des Ablehnungsschreibens hatten ihn wie Faustschläge getroffen. Plötzlich taumelt er und sucht Halt an der Staffelei. „Ich muss mich beruhigen", sagt er sich mehrmals und langsam gelingt es ihm.

Es war sein letzter Versuch gewesen, in die überregional anerkannte Gruppe „Freie Künstler" hier vor Ort aufgenommen zu werden. Dreimal hatte er den Antrag gestellt und das aktuelle Schreiben der Vorsitzenden Güntler-Rickenscheit hat die Zwecklosigkeit seiner Bemühungen in deutliche Worte gefasst. „Blöde Zicke", murmelt Benno.

Die Rickenscheit ist eine Alt-68igerin. Ihr Faible für abstrakten Expressionismus steht im krassen Gegensatz zu seiner Landschaftsmalerei. Anlässlich einer seiner Ausstellungen hatte sie beim Betrachten eines seiner Bilder gesagt: „Als ob der Betrachter nur einen Schritt darauf zugehen müsste und schon stände er im Wald." Benno hatte zunächst gestrahlt ob dieses Lobes, aber das zynische Grinsen der Grande Dame belehrte ihn eines Besseren. „Sie sind doch ein junger Mann und müssen sich künstlerisch weiterentwickeln. Das was Sie machen, bekommt jeder mit einem guten Fotoapparat genauso hin. Erkennen Sie denn gar nicht die Wahrhaftigkeit des Waldes? Sein Geheimnis? Malen Sie das, dann wären Sie auf dem Weg zum Künstler." Sie nippte kurz an dem von ihm bezahlten Sekt, der ihr offenbar auch in seiner realistischen Version schmeckte, drehte ab und ließ ihn wie einen begossenen Pudel stehen. Anschließend stand sie in dieser elitären Gruppe ihrer Jünger und Benno konnte es ihnen ansehen, wie sie sich die Mäuler über seine Bilder zerrissen.

Was ist wahrhaftiger, als den Wald so zu malen, wie das Auge ihn tatsächlich sieht? Benno versteht es nicht und er ist sich sicher: Er würde es nie verstehen.

In der Nacht quälen ihn Alpträume, die sich um expressionistische Farbexplosionen in rot, Rachegefühle und konkrete Mordpläne drehen. Schweißgebadet schreckt er hoch. Die Phantasien ängstigen ihn. „So kann ich nicht weiterleben", entscheidet er und taumelt ins Atelier. „Ich muss es mir von der Seele malen."

An so etwas hat er sich noch nie gewagt, bis zum jetzigen Zeitpunkt malte er fast ausschließlich Landschaften und Stillleben. Einen Tag und zwei Nächte arbeitet er ununterbrochen und am folgenden frühen Morgen betrachtet er übermüdet sein Werk. Ein nochmaliger Blick in den mannshohen Spiegel bestätigt seinen Eindruck: Mit seinem ersten Selbstporträt hat er sein Meisterwerk abgeliefert. Dort auf dem Bild, das ist er. Irgendwie. Sogar die Rickenscheidt müsste begeistert sein, denn er hat wahrhaftig das Gefühl dieser Nacht auf die Leinwand gebracht. Das Bildnis gleicht ihm zwar bis in die letzte Haarspitze, aber es ist ein Zeugnis seiner geheimen Abgründe. Dieser irre Blick, dahinter dennoch erkennbar die verletzte Künstlerseele, der abgrundtiefe Hass, die Entschlossenheit und ja, auch die Mordlust. Benno bekommt einen Schreck, wie er sich dort stehen sieht, mit diesem langen Dolch in der Hand und zum Äußersten bereit. So perfekt seine Arbeit auch ist, so darf er doch dieses Bild niemandem zeigen. Es verrät all seine Geheimnisse. Zuviel. Jeder muss ein letztes Bollwerk haben, das ihn vor der völligen Offenbarung seines Inneren schützt. Er verhängt das Bild und hofft, damit das Kapitel „Freie Künstler" endgültig für sich abgeschlossen zu haben.

Am nächsten Tag fühlt er sich offen und frei. Ihm ist, als ob er seine Abgründe und alle geheimen Gedanken auf dieses Bild verbannt hätte. Vielleicht hat die Rickenscheit mit ihrem Gefasel von Wahrhaftigkeit nicht so ganz Unrecht. Aber auch das ist ihm egal. Er würde sich heute auf den Weg machen, um seine erste Auslandsausstellung zu begleiten. Der dänische Galerist hatte ihm zugesichert, dass Landschafts-malerei im Kommen sei und er Kunden für seine Bilder fast garantieren könne. Benno teilt diese optimistische Einschät-zung, denn der Verkauf seiner Bilder war nie das Problem. Bis jetzt hatte ihn nur die mangelnde Wertschätzung seiner Kollegen verletzt und gestört, doch das liegt nun hinter ihm. Als er ein paar Tage später zu seiner Wohnung zurückkehrt, stehen zwei Herren an seiner Tür.

„Hallo, wollen sie zu mir? Interessieren sie sich für meine Bilder?"

„Ach, Herr Berndsen. Ja, wir wollten gestern schon zu Ihnen, trafen Sie aber nicht an. Wo waren Sie denn?"

„Ich war die letzten drei Tage in Dänemark. Begleitung einer dortigen Ausstellung. Aber wer sind Sie überhaupt?"

„Kriminalpolizei. Mein Name ist Polizeihauptkommissar Meier und das ist Polizeioberkommissar ebenfalls Meier. Wir bearbeiten gerade einen Fall und würden gern mit Ihnen darüber sprechen."

Benno hat keine Ahnung, worum es geht. Egal, seine Laune ist nach der erfolgreichen Ausstellung durch nichts einzutrü-ben. Denkt er zumindest. „Na dann, Herr Meier und Herr Ebenfalls Meier, treten Sie doch ein." An der Reaktion der Beiden erkennt er, dass humorbefreite „Kriminale" nicht nur im Fernsehen vorkommen.

„Ich möchte gar nicht lange um den heißen Brei herumre-den, insbesondere weil wir hier schnell fertig sein könnten", sagt der sprechende Meier. „Gestern Nacht wurde Frau Güntler-Rickenscheit ermordet. Es heißt, dass Sie sich nicht unbedingt gut mit ihr verstanden haben. Eine Routinefrage, die wir stellen müssen: Kann jemand bezeugen, dass Sie ges-tern, so in der Zeit von 2:00 bis 5:00 Uhr morgens, tatsäch-lich in Dänemark waren?"

Benno wird aschfahl und wirft einen Blick auf die zum Glück verschlossene Ateliertür. Auch wenn das Bild zuge-hängt ist, wäre es ihm unangenehm, wenn die stöbernden Kommissare es vielleicht entdecken würden. Vielleicht wür-de dann noch genauer recherchiert werden, ob es zeitlich für ihn möglich gewesen wäre, in dieser Zeit vor Ort zu sein. Das Bild spricht nicht unbedingt für ihn.

„Ich habe sie zwar nicht gemocht, aber deswegen bringt man doch niemanden um. Ich hatte in Dänemark ein Einzelzimmer, aber ab 9:30 Uhr kann das Personal dort bestätigen, dass ich zum Frühstück erschienen bin."
Die beiden Meiers schauen sich an. „Unwahrscheinlich", sagt der bisher sprachlose Kommissar.
„Na gut, Herr Berndsen. Reine Routine. Bitte geben Sie dem Kollegen noch die Adresse Ihrer Unterkunft, sodass wir uns das bei Bedarf nochmal bestätigen lassen können."
Benno atmet tief durch, als er wieder allein ist. *„Das Bild muss weg"*, denkt er sich. *„Abnehmen, zerkleinern, verbrennen. Das ist jetzt alles Geschichte."* Er überlegt, wer wohl jetzt den Vorsitz bei den „Freien Künstlern" übernimmt und ob er vielleicht doch noch einen vierten Versuch unternehmen soll. Gleichzeitig erschrickt er wegen dieser Gedanken über sich selbst. Er wird erst einmal ein wenig Zeit ins Land gehen lassen.
Als er das Atelier betritt, ist er nochmals froh, dass die Tür verschlossen war. Das Tuch, mit dem er das Bild zugehängt hatte, ist abgefallen. Sein Blick auf das Bild macht ihn zugleich stolz und betroffen. Als ob er seinem dunklen Selbst gegenüber steht. Wirklich sein Meisterwerk, aber es nützt nichts, es muss weg. Als er beginnt, die Leinwand mit dem Tapeziermesser zu zerschneiden, fällt sein Blick auf den Dolch. Er kann sich nicht erinnern, dass er ihn blutverschmiert gemalt hat. „Nun, ich war übernächtigt", sagt er sich, als er die Einzelteile ins Feuer wirft.

Das Gemälde eines unbekannten Künstlers

Hedda Brinkmann (Heilbronn/Baden-Württemberg)

Ich hatte es endlich geschafft, wieder einmal in die Alte Nationalgalerie zu gehen, in meine Lieblingsgalerie. Normalerweise gehe ich mindestens einmal im Monat hin. Aber in den letzten Wochen musste ich mich um meine kranke Mutter kümmern, ein irrer blinder Spießer war an einer roten Ampel hinten auf mein Auto aufgefahren, das musste geregelt werden und das Geld war auch wieder einmal knapp, so kurz vor Monatsende.

Es hatte mich schon nervös gemacht, dass der Bus wegen einer Demo endlos lange durch Nebenstraßen geschlichen war. Die Entspannung lag vor mir. Die Ruhe genießen. Durch die Räume schlendern. Lieblingsbilder ansehen. Ich gehe immer die breite Marmortreppe - mit rotem Sisalteppich belegt - hoch, fange immer im obersten Stockwerk an.

An den Wänden neben der Marmortreppe befinden sich großformatige Gemälde. Schlachten und Landschaften. Klassiker. Man muss allerdings den Kopf in den Nacken legen, wenn man sie richtig ansehen will, oder eine Etage höher stehen bleiben und hinuntergucken.

Der erste Durchgang, der schmale Gang dahinter. Links und rechts kleinformatige Bilder. Landschaften, Portraits, Stillleben. Ruisdael, Zurbarán, auch Rembrandt und Tizian, Frans Hals. Dunkle Hintergründe, kräftige Farben, goldene Rahmen. Man muss sich allerdings an die gegenüberliegende Seite des Ganges stellen, wenn man ein Bild richtig betrachten will und das bringt einen zu dicht an die Bilder, die dort hängen, beziehungsweise zu dicht an das Sicherheitssystem.

Endlich erreiche ich die größeren Räume. Ah, Botticellis Venus in voller Schönheit, Dorfstraße unter Bäumen von Hobbema, der zu mächtige Heilige Sebastian von Rubens (grässlich diese Muskeln), die phantastische Architektonische

Perspektive von einem unbekannten Künstler. Es ist und bleibt ein Genuss!

Nachdem ich eine Weile auf einer der Bänke in der Mitte des Saales gesessen und die Bilder förmlich in mich aufgesogen habe, gehe ich langsam weiter, zu den kleinen halbrunden Räumen im hinteren Bereich. Dort hängt eins meiner Lieblingsbilder, das Stillleben mit Kirschen und Erdbeeren von Osias Beert (dem Älteren), in einer chinesischen Porzellanschale fünfhundert Gramm gelb-rote Kirschen, so frisch, so glänzend, dass man die glatte Haut fühlt, dass man hineinbeißen möchte. Die Erdbeeren beachte ich gar nicht. Die sind mir sowas von egal.

Daneben hängt ein neues Bild, nicht groß, etwa 60 mal 60, mit einem schwarzen Ebenholzrahmen. Ebenholz muss es sein. Man benutzt nicht Kunststoff für einen Rahmen, auch wenn das Bild vielleicht viel später gerahmt worden ist. Unbekannter Künstler, um 1780. Es zeigt einen jungen Mann im Halbprofil (vermutlich in einer Küche), der auf einem Holzbrett mit einem langen Messer ein Stück undefinierbares Fleisch zerteilt. Er hält das Fleisch mit einer Hand fest und arbeitet total konzentriert. Ein helles Holzbrett, der junge Mann trägt eine dunkle Schürze, darunter ein verwaschenes rotes Hemd, ockerfarbener Hintergrund, auf dem nur wenige andere Utensilien zu sehen sind, eher unscharf.

Als andere Leute den Raum betreten, schaue ich einen Moment zur Seite und als ich mich wieder dem Bild zuwende, hat sich der junge Mann auch mir zugewandt. Er hält das Messer noch immer in der rechten Hand, scheint es ein ganz klein wenig erhoben zu haben und sieht mich starr an. Braune Augen, ein brauner leicht verwuschelter Haarschopf.

Ich bin verblüfft und beuge mich vor. Eine Aufsichtsperson geht vorbei und macht mich darauf aufmerksam, dass ich nicht so dicht an das Gemälde herangehen darf. Ich nicke. Sehe zum Bild. Der junge Mann widmet sich wieder dem

Fleisch. Ich sehe mir die anderen Bilder in dem Raum an, bin unruhig, blicke nach jedem Bild zu dem jungen Mann hinüber. Er schaut auch zu mir. Nicht immer, aber bei jedem zweiten Blick.

Was ist denn nur los?
Ich frage mich, ob ich zu wenig geschlafen oder zu viel Kaffee getrunken habe
... Zu wenig geschlafen? Ja, das kann sein. Zu viel Kaffee eher nicht. Ich werfe einen letzten Blick auf den Koch oder was immer er ist und gehe einen Raum weiter. Doch ich werde das Gesicht mit den braunen Augen, die mich intensiv gemustert haben, nicht los. Auch nicht, nachdem ich die nächsten drei kleinen Räume und einen Saal durchquert habe.

Nachdenklich steige ich die Treppe hinunter in das Kellergeschoss, kaufe mir einen Kaffee und ein Croissant und setze mich gemütlich in eine der Fensternischen. Gemütlich? Oder doch nicht? Die Bewegungen des jungen Mannes gehen mir nicht aus dem Kopf. Kann ja gar nicht sein, sage ich mir. Es ist doch ein Gemälde!

Es ist schon 17 Uhr vorbei (sie schließen um 18 Uhr), aber ich steige doch noch einmal die imposante Treppe nach oben, genieße das einfallende Licht durch die großen Fenster im Mittelstock, werfe einen letzten Blick auf den Garten und den Säulengang. Durchquere dann schnell den schmalen Gang und den Saal.

Als ich den Raum wieder betrete, ist außer mir niemand anwesend. Ich versuche, nicht zu dem Bild zu gucken, jedenfalls nicht gleich, aber das geht nicht. Der junge Mann sieht mich an! Mich! Scheint sich zu freuen, dass ich wieder da bin. Ein Blick, ein leichtes Lächeln. Ich gehe näher heran. Er wendet sich seiner Arbeit zu. Ich bleibe stehen, andere Leute kommen herein.

Eine Durchsage, dass sie in fünf Minuten schließen und die Besucher bitten ... na und so weiter ...

Er arbeitet. Was für eine Sorte Fleisch ist das denn eigentlich? Ich gehe wieder näher heran. Komisch, das sieht entweder aus wie der untere Teil eines Kalbsbeins oder wie ein Menschenarm. Er hebt den Kopf und wendet sich mir zu. Das Lächeln ist noch da, aber anders, ironisch, brutal. Die Augen blicken mich fest an. Ziehen mich in ihren Bann. Ich strecke eine Hand aus. Er ergreift sie mit der linken Hand, zieht mich zu sich heran und hebt das Messer ...
Ich falle.

Anderntags finden sich riesige Überschriften in allen Zeitungen: „Junge Frau mit vierzehn Messerstichen getötet!!"

Aber es war kein Messer zu finden, und auf dem Gemälde eines unbekannten Malers aus dem 18. Jahrhundert widmet sich der junge Mann weiterhin seiner Arbeit.

Nur auf dem Messer sieht man ein wenig mehr Blut, das sich seinen Weg durch den Rahmen gesucht hat und auf den Boden getropft ist...

Die Todesmaschine des Herrn Baum

Ferdinand Delcker (Berlin)

"Dieses Objekt nenne ich *Death Machine*", sagt der Künstler und weist auf einen roten Kaugummiautomaten.
"Faszinierend", haucht Frau von Dornfeld.
"Das Werk erschließt die Grauzone zwischen Leben und Tod", erklärt er. "Die ewige Gratwanderung des Seins; Vergänglichkeit als Essenz des Ewigen."
Er legt die Hand auf den Automaten.
"Die *Death Machine* enthält einhundert bunte Kaugummikugeln. Neundneunzig davon sind ungefährlich, wenn man vom Zuckergehalt absieht." Er kichert über seinen eigenen Scherz. "Eine einzige aber ist mit einer tödlichen Dosis Strychnin versetzt. Wolfgang?" Er schnippst mit den Fingern.
Sein Assistent tritt vor und reicht ihm ein paar Münzen.
"Ich werde jetzt mein Leben riskieren", sagt der Künstler. "Für die Kunst."
Frau von Dornfelds Blick wandert gierig vom Künstler auf den Automaten und zurück. "Das ist so aufregend, Herr Baum", sagt sie. "Ich will auch einen."
"Ausgeschlossen!", sagt der Assistent, und "Lisa, ich bitte dich!", ruft Herr von Dornfeld aus seinem Rollstuhl.
Aber seine Frau lässt sich nicht beirren.
"Geben Sie mir einen Kaugummi, junger Mann, und dann kaufe ich Ihre *Death Machine*. Zum Listenpreis."
Der Künstler grinst.
"Sie sollen Ihren Kaugummi bekommen", sagt er. "Auf eigenes Risiko."
Wie ein Zauberkünstler, die Hände hoch erhoben, tritt er an den Automaten. Er nimmt eine Münze, steckt sie in den Schlitz, dreht das Rad, wiederholt dann die ganze Prozedur. In der Stille hört man die Kaugummis im Automaten kullern. Er öffnet die Klappe und greift hinein.
"Rot oder blau?", fragt er.

"Rot", antwortet Frau von Dornfeld. Ihr Ehemann wendet den Blick ab, als sie sich die glänzende Kugel zwischen die Lippen schiebt.

Fünfzehn Minuten später ist sie tot.

Kriminalkommissarin Carla Krämer verschwendet keine Zeit auf Äußerlichkeiten. Ihr schwarzes Haar ist ungekämmt, der graue Mantel wird durch drei verschiedene Knöpfe und eine Sicherheitsnadel notdürftig zusammengehalten. Im Präsidium nennt man sie deshalb liebevoll "Die Krähe".

"Wo haben Sie das Gift gekauft, Herr Baum?"

Der Künstler zittert am ganzen Leib.

"Es gibt kein Gift. Wirklich nicht. Nur ganz normale Kaugummis. Sonst würde ich die ja nicht essen. Sonst hätte ich ihr auch keinen gegeben!"

"Wer kann das bezeugen?"

"Wolfgang, mein Assistent."

"Und woran ist Frau von Dornfeld Ihrer Meinung nach gestorben?"

"Keine Ahnung! Allerdings ist mir was aufgefallen. Ich habe zwei Münzen eingeworfen, es lagen aber drei Kugeln im Fach. Zwei rote und eine blaue. Es könnte sein, dass jemand einen vergifteten Kaugummi direkt ins Ausgabefach gelegt hat."

"Haben Sie jemand im Verdacht?"

"Naja - ihr Ehemann wirkte ziemlich eifersüchtig. Aber das sehe ich öfter. Ich bin sehr charismatisch, wissen Sie."

Wolfgang Reuter sieht die Kommissarin treuherzig an.

"Natürlich sind das nur gewöhnliche Kaugummis," sagt er.

"Wir wären doch verrückt, da Gift reinzutun."

"Was genau ist Ihre Aufgabe als Herr Baums Assistent?"

"Eigentlich alles. Terminplanung, Orga aller Art, Materialbeschaffung, Finanzen. Eine ständige Herausforderung!"

"Und bezahlt er Sie gut, der Herr Baum?"

"Ich kann nicht klagen." Leise fügt er hinzu: "Allerdings hatten wir neulich ein kleines Problem. Bruno wird nicht wollen, dass das publik wird, aber Sie finden es ja sowieso heraus."

"Was denn?"

"Bruno hat Spielschulden. Die letzten Wochen war die Sucht ganz schlimm. Da hat er alles verspielt, was auf dem Konto war. Deswegen war diese Privatführung so wichtig. Frau von Dornfeld wollte die *Death Machine* kaufen. Und jetzt ist sie tot!"

"Es war scheußlich", sagt Herr von Dornfeld. Er hat seinen Rollstuhl ans Fenster gerollt und sieht auf den Garten hinaus. "Die Krämpfe wurden immer schlimmer. Sie hatte furchtbare Schmerzen. Und dann, plötzlich, lag sie ganz still."

"Wie war das Verhältnis zu Ihrer Frau?"

"Nicht das beste", gibt er zu. "Als wir heirateten, war ich ein junger, aufstrebender Schauspieler. Sie hatte Geld und Kontakte. Wir haben uns ergänzt. Aber der Unfall hat mehr zerstört als nur meine Beine."

"Was meinen Sie?"

Die Krähe sieht ihn fragend an.

"Ich bin impotent", stößt er wütend hervor. "Deshalb sucht sie sich ja Frischfleisch. Wie diesen Baum."

"Die beiden hatten eine Affäre?"

"Ich glaube nicht. Noch nicht. Aber das wäre bestimmt noch gekommen."

"Warum haben Sie sich nicht scheiden lassen?"

"Es mag seltsam klingen", sagt er. "War ja anfangs eher eine Zweckehe. Aber dann wurde es immer mehr, für mich jedenfalls. Ich habe sie geliebt!"

"Und jetzt erben Sie, nehme ich an?"

"Davon weiß ich nichts", antwortet er. "Mit sowas habe ich mich nie beschäftigt. Ich habe meine Frau nicht umgebracht!"

"Das hat ja auch keiner behauptet", sagt die Krähe sanft. "Bisher jedenfalls nicht."

Eine Woche später sitzen alle drei im Polizeipräsidium: Bruno Baum, sein Assistent Wolfgang und Herr von Dornfeld.

"Sie sehen so gut gelaunt aus, Herr Baum", stellt die Kommissarin fest.

"Die Ausstellung ist ein Riesenerfolg!", sagt der Künstler fröhlich. "Erst das Gift aus der *Death Machine*, dann meine Verhaftung - eine bessere Werbung hätte ich mir nicht vorstellen können!"

"Sie reden hier über den Tod meiner Frau!", sagt Herr von Dornfeld empört.

"Entschuldigung", sagt der Künstler. "Wer war es denn jetzt, Frau Kommissarin?"

"Am Automaten fanden sich die Fingerabdrücke zwei verschiedener Personen: Die von Herrn Baum und die von Herrn Reuter. Beide hatten keinen ersichtlichen Grund, Frau von Dornfeld etwas anzutun. Theoretisch hätten Sie, Herr von Dornfeld, den Mord in Auftrag geben können - aber warum dann die Geschichte so absurd und vor allem so öffentlich gestalten? Und wie hätten Sie ahnen können, dass Ihre Frau auf die idiotische Idee kommen könnte, einen möglicherweise vergifteten Kaugummi zu verlangen? Das Ganze ergab überhaupt keinen Sinn. Bis mir klar wurde, wer das eigentliche Ziel des Giftanschlags gewesen war. Sie, Herr Baum!"

"Ich?"

"Geplant war, dass Sie eine Kugel nehmen, und niemand anderes. Ohne jedes Risiko, da schließlich kein einziger der Kaugummis wirklich vergiftet sein sollte. Sie hatten nicht vor, ihr Leben wirklich für die Kunst aufs Spiel zu setzen. Es sollte nur so aussehen. Davon wussten allerdings nur zwei Personen im Raum. Sie selbst - und Ihr Assistent, Herr Reuter."

Der Assistent sieht sie misstrauisch an.

"Ich hätte Sie wahrscheinlich gar nicht verdächtigt, Herr Reuter, wenn Sie mir nicht von Herrn Baums Spielschulden erzählt hätten."

"Meine *was*?", fragt der Künstler verdutzt.

"Eben", nickt die Kommissarin und grinst. "Streng genommen sind es die Spielschulden Ihres Assistenten, aber abgehoben hat er von Ihrem Konto. Ist Ihnen das nicht aufgefallen?"

"Ich gucke nie auf mein Konto", sagt Baum.

"Sollten Sie aber", sagt die Krähe. "Dann wäre es jetzt vielleicht nicht bis zum Anschlag überzogen. Wir haben die Videoaufnahmen sämtlicher Casinos im Umkreis von 100 Kilometern durchgucken lassen. Gibt es ja zum Glück Software für. Nicht Herr Baum ist spielsüchtig - sondern Sie, Herr Reuter! Ihr Plan war gut. Wäre Herr Baum an dem Gift gestorben, hätte man es als den Tod eines verrückten Künstlers abgehakt - weiter nichts.

Schließlich hat er selbst immer betont, was für ein Risiko er mit jedem einzelnen Kaugummi auf sich nimmt.

Sagen Sie mal, Herr Baum... im Falle ihres Todes - wer erbt dann die Rechte an Ihrer Kunst?"

"Wolfgang", antwortet Baum. Er ist blass wie ein Leintuch.

"Ist das nicht ein wenig ungewöhnlich?"

"Ich konnte ihn die ersten Jahre nicht einmal bezahlen", sagt Baum. "Da haben wir uns so geeinigt. Damals hatte ich nichts, und ich fand es irgendwie rührend, dass er so an mich geglaubt hat."

Da richtet sich Reuter auf.

"Ich hab nicht an dich *geglaubt*, du Arschloch", sagt er in plötzlicher Wildheit. "Ich habe dich *gemacht*. Wer hat deinen halbgaren Ideen Form gegeben? Wer hat nächtelang gearbeitet, während du dich zugekokst hast? Wer hat die Kontakte gepflegt, wer hat die Journalisten eingeladen, wer hat sich den prätentiösen Quatsch für deine Kataloge ausgedacht? Wenn hier irgendjemand ein Künstler ist, dann ich. Andere machen Kunst. Ich habe meinen eigenen Künstler gemacht! Alles an dir ist von mir. Sogar deine blöden Hemden hab ich dir ausgesucht. Vollendet hätte ich mein Werk mit deiner Biographie. Ein Künstler, der sich mit seinem eigenen Werk vergiftet - wir hätten Kunstgeschichte geschrieben, du und ich. Aber dann musste diese dumme Schnepfe dir deinen schönen Künstlertod vor der Nase wegschnappen! Es ist vorbei. Und so, wie du eigentlich gehen hättest sollen, gehe jetzt eben ich."

Seine Hand fährt in die Jackentasche und sofort wieder hinaus. Etwas Kleines schimmert darin, und er öffnet gierig den Mund. Die Krähe aber ist auf der Hut. Ihre Rechte schnellt vor und schlägt hart gegen seine Finger. Ein roter Kaugummi fliegt durchs Zimmer und gegen die Wand.

"Herr Reuter, ich verhafte Sie wegen des Mordes an Rita von Dornfeld", sagt die Kommissarin. "Sie werden viel Zeit haben für Herrn Baums Biographie, das verspreche ich Ihnen. Aber ob er Sie auch autorisieren wird - da habe ich so meine Zweifel."

Schwarzlicht

Kim Kirsten Egler
(Neckarbischofsheim/Baden-Württemberg)

Josie tanzte wie ein Engel. Anmutig stellte sie sich auf ihre Spitzenschuhe und begann sich so schnell zu drehen, dass die Ziersteine auf ihrem weißen Tütü unter dem gleißenden Licht der Scheinwerfer zu einem silbernen Wirbel verschmolzen.

Ihr Ausdruck war kindlich und schüchtern, die Arme hatte sie in perfekter Gestik über dem Kopf erhoben. Das Publikum des Stuttgarter Balletts beobachtete ihre Darbietung des „Dornröschens" mit sprachlosem Staunen.

Eva lächelte. Vom Rand der Bühne konnte sie die Blicke einiger Zuschauer sehen und sie wusste, dass sich die harte Arbeit ihrer Schwester ausgezahlt hatte. Bestimmt würden einige interessierte Regisseure bereits in der Pause mit ihrer Schwester sprechen wollen. Zusammen mit den anderen Mädchen wartete sie auf ihren Einsatz. Josie setzte gerade zu einem schwierigen Sprung an. Sie nahm Anlauf und sammelte dabei den Schwung, der sie im nächsten Moment über die Bühne segeln ließ. Mit einer eleganten Bewegung kam sie auf dem rechten Bein auf. Dann knickte ihr Spitzenschuh zur Seite und ihr Gesicht verzog sich zu einer grotesken Fratze. Das schöne Dornröschen verlor den Halt und schlug - begleitet von einzelnen Schreien - dumpf auf dem Boden auf.

Die Musik brach ab. Stille kehrte ein.

Dann eilten Phillipe und André auf die Bühne.

Die Tänzer wussten, was in einer solchen Situation zu tun war und doch hatte sich ihnen noch nie eine solch schockierende Szene geboten. Unter dem aufgeregten Tuscheln der Zuschauer trugen sie Josie hinter die Bühne, bevor Stella als Zweitbesetzung mit dem Einsetzen der Musik begann, das Schauspiel fortzuführen. „Was um Himmel's Willen ist passiert?" Herr Bandenes kniete sich neben Eva, die die Hand ihrer Schwester hielt. Josies Blick flatterte leicht und ihr Atem ging in kurzen Stößen. Die Krone auf ihrem hellblonden Haar war verrutscht und als sie den Mund öffnete, entrang ihr ein schwaches Stöhnen. „Josie hat die Balance verloren und ist gestürzt. Wie ich es ihr prophezeit habe. Sie hat in letzter Zeit ja kaum etwas gegessen!" Miriam setzte sich zu Eva und sah besorgt auf ihre Freundin hinunter. „Sollen wir einen Krankenwagen rufen?" – „Spinnst du?! Ich hab doch nicht monatelang geübt, um mir jetzt meine Chance entgehen zu lassen. Hast du gesehen, wer da draußen im Publikum sitzt?" Philippe trat vor und blickte verärgert auf Miriam hinab. „Wir sind alle schon mal an unsere Grenzen gekommen. Nur weil unser kleiner Star vom Himmel fällt, heißt das nicht, dass für uns alle Schluss ist." Zustimmendes Gemurmel erklang. Herr Bandenes befühlte fürsorglich die Stirn von Josie, dann erhob er sich: „Stella tanzt weiter die Rolle des Dornröschens. Sollte sich Josies Zustand jedoch in 10 Minuten nicht gebessert haben, brechen wir ab. Keine Widerrede! Ich bespreche das mit dem Direktor." Angespannt verließ der Tanzlehrer die Gruppe, dicht gefolgt von André, der mit hochrotem Kopf und zornigem Blick auf ihn einredete. Ein kleiner Tumult brach los. Während die Tänzer das Für und Wider eines Abbruchs diskutierten, strich Eva mit zitternden Fingern über Josies schweißnasse Stirn. Stella hatte ihren Platz mühelos eingenommen und schwebte anstatt ihrer nun über die Bühne.

Eva drückte mitfühlend das Bein ihrer Schwester, als sie deren scharfes Ausatmen aufschreckte. Josie hatte ihren rechten Fuß in einem unnatürlichen Winkel abgespreizt. Als Eva ihn leicht zur Seite drehte, wurde eine kleine Pfütze roten Bluts sichtbar. Sofort beschlich sie ein ungutes Gefühl. Mit spitzen Fingern zog sie Josie den Spitzenschuh aus, die laut aufwimmerte. Darin blitzten ihr im Halbdunkel der Bühne winzige Splitter entgegen. „Was machst du da?" Miriam hatte Josies Stöhnen bemerkt und blickte nun irritiert von dem ausgezogenen Schuh zu der zersprungenen Glasperle, die Eva vor ihr ins Licht hob. Reste einer dunklen Flüssigkeit hingen an den scharfen Kanten des Glases. „Waren die Splitter in Josies Schuh?" - „Ja." Evas Herz begann wild zu pochen, als sich eine dunkle Ahnung in ihr breitmachte. „Jemand muss ihr die Glasperle in den Schuh gelegt haben. Bei Josies Sprung vorhin muss sie geplatzt sein und…", sie stockte und zeigte auf die dunklen Kanten des Glases, „diese Flüssigkeit hat sich zusammen mit den Scherben in Josies Fuß gebohrt." Mit einem schmerzhaften Ziehen in ihrer Brust schaute Eva zu dem rotblonden Dornröschen hinüber, das mit aufgesetztem Lächeln über die Bühne tanzte. Gerade vollführte sie vor Herrn Bandenes, der unruhig seinen Sitzplatz wieder eingenommen hatte, und seinen Kollegen eine Pirouette und es schien, als streckte sie ihre kleine Brust ein wenig mehr nach vorne. Es war ein perfekter Schachzug.

„Was meinst du damit?", fragte Miriam. Mit zynischem Lächeln antwortete Eva leise: „Das man sie vergiftet hat. Ruf sofort einen Krankenwagen!" Dann sprang sie auf und schritt mit geballten Fäusten in Richtung der Bühne. Wie von Sinnen griff sie nach einer der scharfen Requisiten und spürte den Schmerz, als sich die Metallspitze von Dornröschens Spindel in ihren Zeigefinger bohrte. Eva hatte noch nie in ihrem Leben über das Töten nachgedacht und doch wusste sie, dass sie dazu in der Lage war. Sie wollte Rache, denn sie wusste, dass ihre Schwester sterben würde. Mit mordlustigem Blick trat sie an den Rand der Bühne.
Schwarzlicht setzte ein. Das glorreiche Finale der Solistin begann.
Wie verzaubert begannen die Spitzenschuhe von Stella zu leuchten und ließen sie wie ein mystisches Geschöpf wirken. Alle Tänzer hatten ihre Schuhe gefärbt, um diesen Effekt zu erzielen. Josie hatte ihre Spitzenschuhe gestern Nacht sogar nachgefärbt, um die Wirkung zu vergrößern, obwohl sie wusste, dass sie bis zu ihrem Auftritt nicht trocken sein würden. Ein Kloß bildete sich in Evas Hals. Sie blickte über ihre Schulter. Miriam hatte sich das Handy ans Ohr gedrückt und schrie etwas in den Hörer, während sich andere Tänzer um Josie versammelt hatten. Sie zuckte unkontrolliert und wurde von mehreren Händen nach unten gedrückt.

Zwei davon schimmerten im Schwarzlicht leicht.

Mit einem gellenden Aufschrei wirbele Eva herum und rannte auf André zu, der sich über ihre Schwester beugte. Unter den überraschten Rufen der Tänzer warf sie ihn von Josie herunter und drückte ihm die Spitze der Spindel an den Hals.

„Warum hast du es getan?", schrie sie ihn an. „André, warum hast du Josie vergiftet?" Sie drückte ihn auf den Boden und schlug Miriams Hand beiseite, die sie zurückziehen wollte. „Schau dir seine Hände an", sagte sie wuterstickt in ihre Richtung, „sie leuchten von der Farbe an Josies Schuhen." Miriam schien erst nicht zu begreifen, doch als sie von Andrés Händen auf den Boden blickte, der um Josies Schuhe ebenfalls schimmerte, begann sie zu weinen. André, der zuerst den Kopf geschüttelt hatte, gab seine Maskerade auf. Zischend begann er zu sprechen: „Josie hat es verdient. Sie wusste von mir und Pierre. Sie hat uns gesehen. Ich habe ihr von meiner Liebe erzählt, von meinem Wunsch, mit Pierre zusammenzuziehen. Und doch hat sie mit ihm geschlafen." Seine Stimme zitterte vor unterdrückter Wut: „Ich hasse sie! Sie ist eine miese Schlampe und bekommt jetzt, was sie verdient. Soll sie doch jämmerlich verrecken!" Ein Speicheltropfen landete auf Evas Wange. Er vermischte sich mit den Tränen, die ihr still über das Gesicht liefen. „Josie hat keine Affäre mit Herr Bandenes", flüsterte sie. Ihr Griff um die Spindel wurde locker, sie glitt ihr beinahe aus der Hand. Mit nüchterner Stimme fügte sie hinzu: „Sondern Stella."
Stille kehrt ein.
Josie hatte aufgehört zu krampfen. Ihr Atmen ging nun langsam und leicht, beinahe so als schliefe sie. André blickte Eva mit aufgerissenen Augen an. Er öffnete den Mund, als wollte er etwas sagen, doch ihm entrang sich kein einziger Laut. Kreidebleich blickte er zu Josie und zu den übrigen Tänzern, die ihn angsterfüllt anstarrten. Dann blieb sein Blick an dem rotblonden Dornröschen hängen, das sich mit wilden Augen vor Pierre Bandenes drehte. Der Tanzlehrer lächelte und André begann zu schluchzen. Im nächsten Moment riss er Eva die Spindel aus der Hand und stieß sich die Metallspitze

in seinen Hals. Der junge Tänzer war bereits tot, als das schlafende Dornröchen ihren letzten Atemzug tat und die Sirene des Krankenwagens die Musik verstummen ließ.

Der Margarethen-Zyklus

Anke Elsner (Münster/Nordrhein-Westfalen))

Ihr Atem ging hastig. Dieses unheimliche Rascheln – wo kam es her? Der Mund fühlte sich vollkommen ausgetrocknet an. Warum hatte sie sich auf dieses Treffen überhaupt eingelassen? Hektisch blickte sie sich um. Nach wenigen Metern begann schon das Dunkel. Die schwarzen Bäume reckten ihre Äste in den düsteren Himmel, Arme, die darauf warteten, nach jedem, der ihnen lange genug den Rücken kehrte, zu greifen. Ein Stöhnen entrang sich ihrem Mund. In welcher Richtung lag der nächste Ort? Ihr Orientierungssinn ließ sie im Stich.

Sie hatte darauf vertraut, dass Dirk, ihr neuer Freund, den Weg kennen würde. Es war schließlich seine Idee gewesen, abends loszuwandern. Verzweifelt schweiften ihre Blicke von rechts nach links. Er war einfach plötzlich verschwunden. Gerade hatten sie noch zusammen gesprochen, dann folgte er dem Wanderweg, verschwand um die Ecke und plötzlich … nichts. Wie vom Erdboden verschluckt. Kein Mensch mehr zu sehen. Nur eine unheimliche Leere, wo Dirk hätte sein sollen. Ihre unsicheren Rufe verhallten in der bleiernen Stille, die sich wie ein Leichentuch über den Wald legte. Seitdem irrte sie zwischen den Bäumen entlang, ohne zu wissen, wohin sie sich wenden sollte.

Da … wieder ein Geräusch – lauter, näher. Diesmal klang es wie ein heiseres Kichern. Lauerte die Gefahr vor ihr im Dunkeln? Sie bekam keine Luft mehr, Panik machte sich in ihrem Körper breit, Schweiß rann über ihren Rücken, die Gedanken rasten. Was hatte er noch erzählt? Die Leichen vom Beerfelder Galgen wanderten in Neumondnächten durch den Odenwald, um Erlösung zu finden. Sie keuchte entsetzt. Wo konnte er sein? Warum hatte er sie alleine gelassen? Plötzlich von vorne ein greller Blitz! Sie schrie auf, vollkommen geblendet, warf sich herum und rannte um ihr Leben. Irgendwo hinter ihr knackten die toten Äste unter den Füßen ihres Verfolgers.

Näher, immer näher kam er. „Hilfe, Hi…." Ihr fehlte die Luft. Was für ein Wesen war ihr auf den Fersen? Ein Zombie? Wie von Sinnen vor Angst floh sie vor der tödlichen Bedrohung, blind, ohne auf den Weg zu achten – ihr Verhängnis. Eine Wurzel ragte aus dem Waldboden, ließ sie stolpern. Noch während sie schreiend zu Boden fiel, wusste sie, wenn es ihr nicht sofort gelang, wieder aufzustehen, wäre das ihr Todesurteil. Keuchend stemmte sie sich hoch und drehte den Kopf – ein Blitz blendete sie erneut, einmal, zweimal, und dann … sie riss die Augen weit auf …

„Wieder eine Leiche?" Kriminalkommissar Eisenhauer schüttelte verwundert den Kopf. „Wieso rutschen plötzlich die Frauen scharenweise in der Margarethenschlucht aus, stürzen ab und schlagen sich dabei den Kopf ein? Das ist in diesem Jahr schon unsere dritte Tote. Alle drei haben derartig viele Verletzungen, dass man die genaue Todesursache überhaupt nicht mehr feststellen kann. Gibt es irgendeinen Wettbewerb im Internet, mit der Aufgabe, wer nachts den gefährlichsten Weg schafft, ohne zu sterben, hat gewonnen? Am besten dabei noch irgendwie einen Wasserfall durchqueren. Und dabei abrutschen. Wie kann man nur so unvorsichtig sein. Was wissen wir denn über die arme Frau?" Sein Kollege blätterte in den Akten: „Christiane Kaffenberger, 27 Jahre, aus Erbach, ledig, keine Verwandten. Laut einer Freundin tat sie in letzter Zeit immer sehr geheimnisvoll, aber warum, weiß niemand aus ihrem Bekanntenkreis. Da es keinerlei Hinweise auf Fremdverschulden gibt, müssen wir den Fall wohl wie die anderen zu den Akten legen." Beide Männer sahen sich zweifelnd an: Ihr Bauchgefühl sagte ihnen, dass etwas nicht stimmte, aber es fehlte ein fundierter Ermittlungsansatz. „Naja", Eisenhauer zuckte mit den Schultern, „vielleicht ist ja alles nur ein Zufall, und diese seltsame Serie hat jetzt ein Ende." Wie leicht man sich täuschen kann.

Dirk Schneider lächelte in die Kameras. Seine Ausstellung in einer von Münsters namhaftesten Galerien konnte man ohne Einschränkung als glänzenden Erfolg bezeichnen. Zur Matinee waren nicht nur alle gekommen, die in der Kunstszene Rang und Namen hatten, sondern es drängelten sich auch zahlreiche Vertreter der lokalen Presse vor den großformatigen Bildern. Sein Freund, der Galeriebesitzer Paul Schmeinck, klopfte ihm anerkennend auf die Schulter. „Du hast dich selbst übertroffen. Es gibt bereits einen Interessenten aus Berlin, der deine Werke auch dort gerne ausstellen möchte. Dieser Margarethen-Zyklus ist einzigartig, spektakulär. Die realistische Darstellungsweise. Man hat das Gefühl, in das Dunkel hineingezogen zu werden und selbst vor Todesangst fast zu sterben." Er deutete auf das riesige Gemälde neben ihnen an der Wand: Eine Frau starrt mit angstverzerrtem Gesicht direkt den Betrachter an, den Kopf ein wenig seitwärts gedreht. In den Augen spiegelt sich eine Panik, die aus dem tiefsten Inneren ihrer Seele zu kommen schien. Der Mund ist zu einem Schrei geöffnet, der ungehört verhallt. Die Intensität des Ausdrucks schlug jeden Besucher in den Bann. Von ihr gab es insgesamt vier Bilder, wobei das Gesicht auf dem letzten einer Totenmaske glich.

„Oder dieses hier, das ist mein Lieblingsstück. 100 000 Euro hat ein Sammler vor ein paar Minuten dafür geboten, nachdem er nur einen kurzen Blick darauf geworfen hatte. Ich soll dir sagen, er will es unbedingt kaufen. Es erinnert total an den „Schrei" von Munch! Doch da, wo bei Munch kräftige expressionistische Farben dominieren, versinkt bei dir alles in einer Art schwarz-weißer Totenstarre. Genial." Diesmal standen sie vor einem anderen Werk des Künstlers. Ein weibliches Gesicht zeigt sich tränenüberströmt, eingerahmt von einem Schwall wilder Locken, verzweifelt, die schmutzigen Hände neben den weit offenen Mund gelegt, die Augen runde dunkle Löcher. „Ein bisschen Ähnlichkeit hat das ja mit deiner letzten Freundin. Wahrscheinlich hat dein Unterbewusstsein dich irgendwie inspiriert." Bewundernd legte der Galerist dem Maler seinen Arm um die Schulter und bemerkte nicht, wie sich dessen Körper bei dieser Bemerkung kurz versteifte.

Aber nur kurz, dann musste sich der Künstler auf die nächsten Worte seines Freundes konzentrieren: „Was mich allerdings brennend interessiert: Warum hast du alle Bilder

„Margarethe" genannt und dann durchnummeriert – es sind doch drei unterschiedliche Gesichter. Warum gibst du nicht jeder Frau einen eigenen Namen?" Dirk Schneider schaute sein Gegenüber ernst an: „Der Name spielt doch keine Rolle, ist vollkommen sekundär; wichtig ist die konkrete Abbildung des intensiven Augenblicks, des seelischen Supergaus – darum ist der Name bei allen Bildern gleich, ganz zufällig gewählt, ohne Bedeutung. Nichts soll von dem schöpferischen Akt ablenken. Der angstvolle Ausdruck, die ars moriendi, sind die zentralen Themen, eine Kunst, geboren aus der Todesangst. Dieser Darstellungsgegenstand geht zurück bis ins frühe Mittelalter. Ich knüpfe praktisch nur daran an, transponiere das Thema in unsere Zeit. Und weißt du, was an der ganzen Sache das Beste ist?" Geheimnisvoll lächelnd näherte sich sein Mund dem Ohr des Galeristen. „Der Zyklus ist noch gar nicht abgeschlossen – er geht schon bald weiter!"

Die andere „Saite" seines Erfolgs

Arno Endler (Beulich / Rheinland-Pfalz)
Nominierter Preisträger

Sie hörten es nicht, die Banausen, Barbaren, die Konsumenten der Musik. Erste Misstöne, leichte Ungenauigkeiten in meinem Spiel, nicht dass ich sie verschuldet hätte. Das Konzert endete mit tosendem Applaus, einer unehrlichen Verbeugung und dem Schwenk der Violine, die ich hielt.

„Sie waren unglaublich, ein Meister, ein Virtuose auf der Violine", sprudelte es aus ihr heraus, deren Name ich schon wieder vergessen hatte. Wie Ratten, die dem Pfeifer aus Hameln gefolgt waren, hypnotisierte mein Publikum der ewige Kampf von Bogen und Saiten. Sie hatte in der ersten Reihe gesessen, blond, hochgewachsen, elegant, hochmütig. Von Note zu Note, Satz um Satz, packte es sie. Blut schoss in ihre Wangen, die sich färbten. Ich wusste ohne hinzusehen, dass sich ihre Pupillen weiteten. Meine Violine verführte, versetzte sie in Trance, bis sie, von allen Zwängen der gesellschaftlichen Norm befreit, an die Tür meines Hotelzimmers geklopft hatte.
„Ich gab mein Bestes", sagte ich leise und öffnete den Koffer, in den ich die Violine gebettet hatte. „Doch es war nicht gut genug. An zwei Stellen wackelten die Töne, wo sie es nicht sollten."
„Aber nein. Es war perfekt." Der Träger ihres grünen Spaghettiträgerkleides, dessen glänzende Seide ihrem schlanken Körper Kontur verlieh, rutschte von der Schulter.
Sie trat näher, drängte sich an mich. Ich spürte ihre Erregung. „Ihr Instrument ist wunderschön." Der Duft ihres Parfums war beinahe zu viel für mich.
„Ein Erbstück", erklärte ich. Wie von selbst löste sich die Chanterelle aus der Halterung.
„Was ist mit der Saite geschehen?", fragte sie. Wusste sie in diesem Moment, dass es ihr Schicksal war?

Ich schlang die Chanterelle-Saite um ihren schlanken Hals und zog sie mit mir auf den Boden, achtete nicht auf das Gezappel der Beine, die schwächlichen Versuche, mich abzuwehren.

„Ich erbte sie von meinem Vater, Verehrteste", flüsterte ich ihr ins Ohr. „Er verriet mir das Geheimnis seines Erfolgs als Violinist. Denn er war nur mittelmäßig in der Technik und unbeholfen im Takt. Dennoch liebte ihn das Publikum. Und dies verdankte er ganz alleine seiner Violine, einer Blutgeige, deren Saiten so wunderbare ätherische Klänge erzeugten, dass es den Menschen die Tränen in die Augen trieb. Doch die Saiten trocknen aus. Um ihre Zartheit und Flexibilität zu erhalten, müssen sie regelmäßig in Blut getränkt werden."

Sie zuckte nur noch schwach.

„Ihr Opfer wird unzähligen Kunstliebhabern unvergessliche Stunden bereiten. Seien Sie stolz darauf."

Ich löste die Chanterelle von ihr, betrachtete den scharfen Einschnitt, aus dem es eifrig sickerte. Der Reinigungsdienst würde einen Bonus verlangen. Etwas, worum sich mein Agent kümmerte.

Ich tränkte auch die übrigen drei Saiten mit Blut, bildete mir ein, sie seufzen zu hören. Danach entsorgte ich auf die übliche Weise die nutzlose Leiche. Ich war geübt, ein Profi in jeglicher Hinsicht.

Das Klopfen an der Garderobentür, so kurz vor dem Auftritt, verärgerte mich. Es waren meine Momente der Konzentration. „Nein!", rief ich daher laut. Doch die Tür ging auf.

Ein Mann kam herein, mittelalt, mittelgroß, mitteldick. Sein Gesicht zierte eine Knollennase und die dünnen, strähnig-fettigen Haare hatte er sich von rechts nach links über den polierten Schädel gekämmt. „Verzeihen Sie die Störung", sagte er mit einer unangenehm fisteligen Stimme. Gleichzeitig präsentierte er einen Dienstausweis der Kriminalpolizei.

„Was?", herrschte ich ihn an.

„Ich habe Fragen an Sie."

„Muss das jetzt sein? Ich bereite mich auf ein Konzert vor."

„Nun, nein. Nicht sofort. Wir können dies auch später erledigen. Möchten Sie wissen, worum es geht?"
Ich öffnete den Violinen
koffer und nahm sie heraus. Sie glänzte in Erwartung eines perfekten Abends. „Nun reden Sie schon, Herr Kommissar. Ich muss gleich auf die Bühne."
„In den letzten zehn Jahren sind zahlreiche vermisste Personen gemeldet worden. Meine Kollegen und ich brauchten lange, um eine Gemeinsamkeit zu ermitteln, bis wir den einzigen übereinstimmenden Faktor entdeckten. Sie alle besuchten Konzerte eines Künstlers."
Die Chanterelle meiner Violine vibrierte unruhig. Sie war bereit. Ich spürte es und zügelte mich. „Und nun sind Sie der Ansicht, ich stünde im Zusammenhang mit dem Verschwinden?"
Der Kommissar lächelte lieblos. „Nun, zunächst habe ich nur Fragen. Wer verdächtigt schon einen international renommierten Violinisten? Wo kann ich warten?"
Er begleitete mich bis zum Bühnenaufgang. Ein Inspizient besorgte ihm einen Stuhl, auf dem er es sich bequem machte.
Ich wartete auf den Vorhang, versicherte mir selbst, dass keine Spur zu mir führen würde. So stellte sich die Vorfreude auf den freundlichen Begrüßungsapplaus ein. Erst klatschten nur zwei Handflächen aufeinander, dann folgte der Rest des Publikums.
Ich horchte dem Takt meines beschleunigten Herzens. Mit gesenktem Kopf betrat ich das Licht. Der Applaus verstärkte sich, bis ich meinen Platz in der Mitte des Parkettbodens eingenommen hatte und eine Verbeugung andeutete. Ich setzte den Bogen an. Die Stille brandete mir entgegen.
Der erste Ton erklang. Ich spielte Zephir von Hubay, die Einleitung ein Genuss, die Saiten meiner Violine in vollendeter Harmonie, das Publikum lauschte atemlos.
Ich ergab mich dem Rausch der Perfektion, aus dem ich erst nach Minuten erwachte und endlich die Augen öffnete.
Im Licht der Spotlights verschwanden die mittleren und hinteren Bereiche des Parketts im Dunkel. Lediglich die Gesichter der ersten Reihe vermochte ich deutlich zu erkennen.

Blass bis hin zur Durchsichtigkeit, die Haare wenig feierlich und dem Anlass unangemessen durcheinander, Augen so düster und tief wie bodenlose Brunnen. Beinahe hätte ich den Rhythmus verloren, stolperte über eine besonders gewagte Notenkombination. Meine Violine rettete mich.

Ich versuchte, meinen Blick abzuwenden. Doch es misslang. Sie saßen dort, aufgereiht wie die Geschworenen einer Anklagebank. Kein Lächeln oder Entzücken, keine Bewegungen, die zur Melodie gepasst hätten, nur dieses macht- und unheilvolle Starren, als nagelten sie mich an ein unsichtbares Kreuz.

Rechts außen erhob sich eine Gestalt. Ein Mann. Ich sah Knochen durch die dünne Haut scheinen. Die Frau zu seiner Linken stemmte sich aus dem Sitz. Und jedweder neben ihr folgte, stumm und ernst, bis die komplette erste Reihe aufrecht stand.

Ich spielte weiter, führte den Bogen, als gehöre er zu meinem Arm. Niemand nahm Anstoß an dem Verhalten. Auch nicht der Kommissar, der anscheinend gelangweilt in meine Richtung schaute.

Die Frau ganz links erinnerte mich an jemanden. Sie trug ein Seidenkleid mit Spaghettiträgern und eine Linie zierte ihren schmalen Hals. Es war sie. Die Letzte.

Da fielen mir ähnliche Spuren an den Hälsen der übrigen Stehenden auf. Ich konzentrierte mich auf das Ende des Zephirs, auf die Übergangspassagen, und die Blutgeige gab alles.

Da hoben sie, einer nach dem anderen, den rechten Arm und deuteten auf mich. Münder öffneten sich und ich hörte die Toten, die den Saiten als Nahrung gedient hatten, eine stumme Anklage erheben. Mich fröstelte, aber ich hielt durch. Das Stück endete. Ich wartete nicht auf den Applaus, sondern stürzte von der Bühne auf den Kommissar zu und schrie ihn an. „Retten Sie mich! Retten Sie mich! Nehmen Sie sie!" Ich streckte ihm die Violine entgegen.

„Was soll ich mit der Geige?", fragte er.

„Sie war es! Es ist eine Blutgeige. Sie zwang mich zu töten."

„Eine Geige?", zweifelte der Beamte.

„Ja. Es ist so, glauben Sie mir."

„Sie haben also die Vermissten getötet?" Sein Gesichtsausdruck wirkte weniger überrascht, als entschlossen. „Nehmen Sie dieses Ding da weg!"

„Es sind die Saiten", schrie ich ihn an, rang mit der Verzweiflung. „Sie müssen in Blut getränkt werden."

„Unzurechnungsfähigkeit werde ich Ihnen nicht zugutehalten, Maestro. Sie werden mit der vollen Härte des Gesetzes bestraft."

„Aber nein", flehte ich und drehte gleichzeitig die Chanterelle aus dem Wirbelkasten der Schnecke.

„Lassen Sie das", befahl mir der Kommissar. „Sie sind verhaftet."

„Nein, bitte!" Ich wandte mich um, sah die leere erste Reihe. Ein rotweißes Plastikband war dort gespannt worden. Der Veranstalter hatte sie gesperrt. Ich war einer Halluzination zum Opfer gefallen.

„Kommen Sie", hörte ich den Beamten sagen.

Dann ertönte der Klang einer reißenden Saite. Die Chanterelle fetzte aus der Halterung. Ich spürte einen heftigen Schmerz am Hals, ließ die Violine fallen und tastete mit meiner Hand nach dem Ursprung der Agonie. Da war ein Schnitt. Es quoll warm aus mir heraus.

„Oh, verdammt", entfuhr es dem Kommissar.

Ich vernahm ein Röcheln, ein Gurgeln, irgendwo tief in mir, registrierte den Schwindel und die Atemnot, bevor ich zu Boden sank.

Die Violine lag neben mir. Ich sah, dass ich in meinem Eifer die Spannung der Chanterelle erhöht hatte, statt sie aus der Halterung zu schrauben. Sie war gerissen und hatte mich davor bewahrt, sie zu verraten.

„Einen Arzt! Schnell", brüllte jemand.

Doch ich wusste, es war zu spät. Das Geheimnis der Blutgeige würde ich mit ins Grab nehmen.

Ein kunstvoller Mord

Thomas Friedt (Wolfhausen/Schweiz)

Wie lange hängt das Ölgemälde mit dem protzigen Goldrahmen schon in Käthes Wohnzimmer, fragte sich Rolf. Zwanzig, dreißig, vierzig Jahre? Und was mag diese Monstrosität wiegen? Einen Zentner? Er hatte selten einen Gedanken an den alten Schinken verschwendet, galt Kunst seinem Wesen nach doch seit jeher als etwas gänzlich Überflüssiges, doch heute konnte er seinen Blick kaum von dem Bild abwenden.

Wie jeden Donnerstagabend saß Rolf tief eingesunken in die Polstergruppe seiner Tante, hörte sich ihre immer gleichen Geschichten an, trank Kaffee, aß selbstgebackene Kekse und träumte von einer goldenen Zukunft.

Seine Gegenwart nahm sich eher düster aus: Er war vierzig, arbeitslos, geschieden und chronisch pleite. Er besuchte die Schwester seiner verstorbenen Mutter daher nicht aus Nächstenliebe, sondern in seiner Rolle als baldiger Alleinerbe ihres Vermögens. Käthe war reich, verwitwet und einundneunzigjährig. Eine viel versprechende Kombination. Bedauerlicherweise erfreute die Dame sich aber, von altersbedingter Schwerhörigkeit, Grauem Star und Arthritis abgesehen, bester Gesundheit. Glaubte man den Worten ihres Hausarztes, hatte sie gute Chancen, die Hundert voll zu machen. Rolf war überzeugt, dass er als ihr Lieblingsneffe und in Ermangelung anderer Nachkommen in den Genuss des ganzen Kuchens käme, die Frage war nur, wann er ihn endlich anschneiden durfte? Allmählich wurde er ein wenig ungeduldig. Seit Jahren besuchte er seine Tante regelmäßig und schenkte ihr seine kostbare Zeit, ohne dass sich ihr Gesundheitszustand in die gewünschte Richtung veränderte, sprich verschlechterte.

Mein Gott, wollte die Alte ewig leben? Und statt die Kohle auf der Bank zu bunkern, könnte sie ihm ja mal was vorstrecken. Wie sagte der Volksmund doch so schön: Taler, du musst wandern. Er würde das Geld ohnehin kriegen.

Während seine Tante wie jeden Donnerstag in sentimentalen Erinnerungen schwelgte, richtete sich Rolfs Aufmerksamkeit wieder auf das Gemälde. Es befand sich in einem schlechten Zustand, die Farbe war vergilbt, voller Krakelees und die Leinwand an den Rändern ausgefranst und eingerissen. Rolfs Interesse hatte allerdings nichts mit dem restaurationsbedürftigen Zustand des Bildes zu tun, sondern mit der Tatsache, dass es genau über der Couch und somit über Käthes Haupt hing, wie das Schwert des Damokles. Einzig von einem Schraubdübel und einer von Spinnweben umrankten Schnur am Herunterfallen gehindert. Hier bräuchte man der Schwerkraft nicht allzu sehr nachzuhelfen...

„Kann ich noch einen Kaffee haben?", fragte Rolf kurz darauf. Er hatte bereits drei Tassen intus und seine Nervenenden züngelten wie gereizte Klapperschlangen, aber die Kanne war leer, daher würde seine Tante für Nachschub sorgen müssen. Was ihm Zeit und Gelegenheit gäbe, seinen soeben gefassten Entschluss in die Realität umzusetzen. Oder ihn zumindest auf seine Tauglichkeit hin zu überprüfen.

Käthe erhob sich ächzend vom Sofa und schlurfte in die Küche. Als Rolf das Klappern von Geschirr hörte, stieg er auf die Polstergruppe, nahm sein Taschenmesser hervor und ritzte die Kordel über dem Nagel ein. Während dieser Aktion schaukelte das Bild leicht, und der Rahmen ächzte lautstark.

„Gott, hier holt man sich ja eine Staublunge", flüsterte Rolf hustend.

„Hast du was gesagt, Jungchen?", kam es prompt von nebenan.

„Nein, alles okay, Tante."

Nach rund zehn Minuten kehrte die Witwe mit halbvoller Kanne zurück. Rolf versuchte, sich ganz natürlich zu verhalten und nicht ständig auf das Gemälde zu starren.

„Komm, Tantchen, setz dich hin, ich mach das schon", sagte er und begann, Kaffee einzuschenken. Dann sahen sie sich *Bares für Rares* im Fernsehen an.

Als das Bild eine halbe Stunde später mit lautem Getöse herunterstürzte, erschrak Rolf fast zu Tode, obwohl er gewusst hatte, dass es passieren würde. Tante Käthes zarter Schwanenhals und der schwere Bilderrahmen brachen in einem krachenden Unisono entzwei. Die brüchige Leinwand riss in drei Teile. Einer fiel nach vorne gegen die Kaffeekanne, worauf der brühend heiße Inhalt Leinwand und Farben für immer einem schwarz-braunen Meer des Vergessens anheim gab.

Es war ein hässlicher Anblick, der sich Rolf rund ums Sofa bot, und als er den Notruf wählte, musste er sich nicht besonders anstrengen, um den geschockten Angehörigen zu mimen. Seine Hände zitterten, und er brachte kaum einen zusammenhängenden Satz zustande.

Wer hätte gedacht, dass ihn das alles so mitnehmen würde – wo ihm doch weder an der Kunst noch an seiner Tante das Geringste lag? Um nicht mit der Leiche allein sein zu müssen, wartete er vor der Tür auf die Polizei.

Eine Viertelstunde später fuhren die ersten Dienstfahrzeuge vor. Nervös führte Rolf Arzt, Fotograf, Kriminaltechniker und Ermittler in die Wohnung. Einem Kommissar Lenz schilderte er den Unfallhergang, wobei er seinen Anteil am Tatgeschehen natürlich aussparte. Während die Untersuchung ihren Gang nahm, stellte Rolf beruhigt fest, dass keiner der Beamten in dem Bildsturz etwas anderes zu sehen schien als einen tragischen Unfall.

In den Tagen nach dem Hinscheiden seiner Tante erwartete Rolf ungeduldig den Anruf des Nachlassverwalters. An der Beerdigung zerdrückte er ein paar Krokodilstränen und öffnete zu Hause zähneknirschend die Rechnungen, die sich seit Käthes Tod bei ihm stapelten. Zahlen statt zu kassieren – so hatte er sich sein Leben als Erbe nicht vorgestellt.

Als das Telefon das nächste Mal in dieser Angelegenheit klingelte, war jedoch nicht sein Anwalt dran, sondern Kommissar Lenz.

„Was ist denn jetzt schon wieder?“, stöhnte Rolf.

„Ich wollte Ihnen nur mitteilen, dass wir den Tod Ihrer Tante zu den Akten gelegt haben. Unsere Untersuchungen konnten eine andere Ursache als Unfall ausschließen", sagte der Polizist.

„Was hätte es denn sonst sein sollen?"

„Theoretisch auch Mord."

„Ach ja? Und wer der Mörder? Ich etwa?"

Rolfs Lachen kollidierte mit Lenz' Schweigen.

„Und was führte Sie zum Schluss, dass dem nicht so war?"

„In erster Linie Ihr Verhalten am Tatort. Des Weiteren wäre bei dieser Sache nur ein Motiv in Frage gekommen – nämlich Geld, sprich die Erbschaft. Und dieser Umstand fiel ja dann weg. Sozusagen ...", sprach der Kommissar.

In Rätseln, wie Rolf beunruhigt feststellte.

„*Fiel weg* ...? Wie ... wie meinen Sie das?"

„Na ja, wie uns der Anwalt der Dahingeschiedenen mitteilte – und wie Sie als Angehöriger bestimmt wussten – steckte praktisch das gesamte Vermögen des Opfers im Degas."

„Decker? Was für ein Decker?"

„*Degas*. Französischer Impressionist. Das Gemälde, das Käthe Winter auf den Kopf stürzte und dabei zerstört wurde, war ein Frühwerk dieses berühmten Malers. Um Ihre Tante umzubringen, hätten Sie wohl kaum Ihr Erbe, sprich das Bild, demoliert. Ich meine, der Schinken ist – *war* – zweieinhalb Millionen wert. So dumm kann niemand sein, oder ...?"

„N-nein, natürlich nicht", hörte Rolf sich noch sagen, bevor ihn eine gnädige Ohnmacht umfing.

Blut und Peitsche

Nicole Geier (Tübingen/Baden-Württemberg)

Ich schlürfte unbeeindruckt an meinem prickelnden Glas Sekt, während ich mit zusammengekniffenen Augen die kleinen Buchstaben unter der Leinwand entzifferte: *Blut und Peitsche*. Ich verzog das Gesicht, als hätte ich in eine Zitrone gebissen und nickte sarkastisch. *Klar, Kunst!* Mit dem neu erworbenen Wissen widmete ich mich intensiver als bei meinem ersten Blick dem Werk. Rote Farbe bedeckte die Leinwand – von oben bis unten. Sie war überall und unterschiedlich dick aufgetragen. An manchen Stellen punktuell, dann wieder fließend. Es waren keine Pinselstriche zu erkennen. Es war wie Blut. Dickes Blut, direkt aus dem Inneren eines Menschen. Je länger ich auf die Leinwand starrte, umso sicherer war ich mir, den Eisengeruch wahrnehmen zu können. Das war nicht das, was mich am meisten an diesem Bild verwirrte. Nein, es waren die schwarzen Linien, die sich wie Wunden über das Rot zogen. Sie waren präzise und doch schien unglaublich viel Wut hinter ihnen zu stecken. In ihnen lag Macht, etwas Zerstörerisches. Mein Herz pochte unruhig. Ich merkte erst, dass ich den Atem angehalten hatte, als plötzlich jemand hinter mir stand.

„Na, was sagen Sie dazu?", fragte eine tiefe Stimme. Ich drehte mich auf den Absätzen meiner Sneakers um und entgegnete dem Fremden so höflich wie möglich: „Interessant." Er nickte, als wüsste er, was ich meinte. Er erinnerte mich auf eine seltsame Art und Weise an Jamie Dornan in *Fifty Shades of Grey*. Nicht, dass ich den Film gesehen hätte, aber den Trailer kannte doch wohl jeder. Sein Anzug saß perfekt. Der Stoff unterstrich seinen muskulösen Körper. Der Gute sah beeindruckend sexy aus. Anziehend und gleichzeitig irgendwie gefährlich.

„Und Sie sind?", hakte er beiläufig nach.

„Nina Sommer, ich bin von der Zeitung", ich verschwieg, dass meine liebe Kollegin aus dem Feuilleton mal wieder blau machte und ich das wesentlich spannendere Spiel der regionalen Frauenmannschaft hatte sausen lassen müssen, um mir den Schwachsinn hier hereinzuziehen.

„Sehr erfreut, ich bin Jack Tucholsky – der Künstler." Er reichte mir seine Hand, die sich geschmeidig anfühlte, dennoch übte sie einen gewissen Druck auf meine aus.

„Ist das Ihr echter Name?", wollte ich frech wissen. Er schmunzelte, wobei ein Funkeln in seinen Augen aufblitzte.

„Wollen Sie mich interviewen?" Okay, langsam wurde die Situation echt absurd. Was sollte ich darauf antworten?

„Das müsste ich erst mit der Redaktion absprechen." Jack Tucholsky verunsicherte mich.

„Kein Problem, melden Sie sich einfach bei mir, wenn Sie soweit sind, Nina." Er zwinkerte mir zu und reichte mir seine Visitenkarte.

„Darf ich Sie fragen, was Sie zu diesem Bild inspiriert hat?"

„Es war eine Frau." *Na klar, was denn sonst!?* Vielleicht hatte sie genau zu diesem Zeitpunkt ihre Periode, das würde vielleicht das viele Rot bedeuten. „Ihr Name *war* Annemarie." So, wie er den Namen aussprach, jagte es mir kalt den Rücken hinab. Ich hatte plötzlich Gänsehaut und das dringende Bedürfnis, das Museum zu verlassen, obwohl ich diesen Jack auch irgendwie anziehend fand. Ich verabschiedete mich schnell und verschwand zwischen den anderen Gästen der Ausstellung nach draußen.

Ich versuchte im Nachhinein zu verstehen, was passiert war. Unruhig klopfte ich mit einem Werbekulli von einer benachbarten Apotheke auf den Holzschreibtisch und blickte nach draußen. Jack Tucholsky hatte mich mit seinen grauen Augen wahrgenommen, durchlöchert, ausgezogen… *Ach, keine Ahnung.* Es war merkwürdig gewesen. Als hätte er genau gewusst, was in mir vorgeht. Als hätte er mich gelenkt und gewusst, was als nächstes passiert.

Mein Kollege Bernhard kam mit schnellem Schritt und dunkler Miene um die Ecke. Er war fast schon vorbei, als ihn gerade noch meine Worte erreichten: „Hey Berni, was ist denn los?" Er hielt inne.

„Er hat schon wieder zugeschlagen!"

„Wie? Wer hat zugeschlagen?", ich sprang auf und kam in den Gang.

„Das blutrünstige Monster, das hier in der Gegend frei herumläuft und Frauen grausam abschlachtet." Er hob seinen Block mit Notizen. „Das neue Opfer heißt Annemarie Bianchi."

„Annemarie?" Der Name regte eine seltsame Erinnerung in mir. Das kalte Gefühl, das mich im Museum auf einmal überfallen hatte, war wieder da. Zufall? Das war doch völliger Blödsinn. Es konnte doch nicht sein?

Ich lief zu Bernhard, um mir seine Notizen von der Pressekonferenz anzusehen. Sie waren kaum zu entziffern, da er trotz seiner Sauklaue nur ungern auf Digital umstellen wollte.

„Sie haben ein Bild von ihr gezeigt", erzählte er. „Sie war so jung wie du, unauffällig, aber hübsch. Eine Tragödie. Sie war bedeckt mit Stichwunden, als man sie im Wald fand."

Mit einem Mal schienen alle meine Sicherungen durchzubrennen. Eilig rannte ich zurück in mein Büro, um die Visitenkarte aus meiner Jackentasche zu kramen.

„Was ist los?" Irritiert folgte Bernhard mir. Statt ihm zu antworten, wählte ich die Nummer von Jack Tucholsky.

Ich saß in meinem stehenden Opel Corsa in einer Parklücke. Meine Hände umklammerten das abgewetzte Lenkrad, als wäre es das Letzte, was mir in dieser Situation noch Halt geben könnte. Ich war zu früh, nervös und unvorbereitet. Ich hasste es. Hoffentlich hatte ich wenigstens mein Pfefferspray dabei. Ich wühlte in meinem Rucksack und fand erleichtert die kleine, schwarze Dose. Noch vierzehn Minuten. Ich stand direkt vor dem Haus, dessen Adresse mir Jack Tucholsky genannt hatte. Von außen sah es aus, als hätte man die alte Struktur des Bauernhauses erhalten und mit modernem Design aufgepeppt. Was machte ich hier? War ich verrückt? Wenn Tucholsky wirklich der Frauen-Mörder war, sollte ich lieber nicht hier sein. Aber ich brauchte Gewissheit! Mein Hirn spielte bestimmt einen fiesen Streich mit mir. Wenn ich die Sache nicht heute noch für mich klären würde, konnte ich wieder die ganze Nacht nicht schlafen.

Vier Minuten. Ich kramte meine Sachen und meine Gedanken zusammen und öffnete die Autotür. Mein Herz schlug mir bis zur Kehle. Ein unangenehmes Gefühl, das ich am liebsten einfach abgeschüttelt hätte. Die Luft draußen roch nach frischer Erde, wenn es geregnet hatte – dabei war kein Tropfen Wasser gefallen. Ein schlechtes Omen? „Reiß dich zusammen, Nina!", fluchte ich leise und bemerkte das raue Kratzen im Hals, das mein Grundgefühl keineswegs verbesserte. Wütend schlug ich mit so viel Wucht die Tür zu, dass ein Hund in der Nachbarschaft laut zu bellen begann. Ich ignorierte ihn und lief zur angegebenen Haustür. Ein Frauen-Mörder konnte auf keinen Fall in einem solchen Haus wohnen. Im Vorgarten blühten wunderschöne Blumen und aus dem kleinen Vogelhäuschen trällerte eine Amsel. Eine Minute. Ich klingelte. Im stillen Haus ertönte ein langes, schepperndes Geräusch. *Okay, das klang schon eher nach Horrorfilm.* Ich holte tief Luft.

Pünktlich zum Schlag der Kirchturmuhr öffnete sich die Tür und Jack Tucholsky stand erneut vor mir: „Was für eine Überraschung, Sie so schnell wieder zu sehen!" Er trug denselben Anzug und seine Aura war immer noch eine seltsame Mischung aus sexy und bedrohlich.

„Ebenfalls. Ich freue mich, dass Sie dem Interview zugesagt haben!" Interview war nett gesagt – ich hatte in der kurzen Zeit nichts vorbereitet. Ich wollte nur eines wissen: Ob dieser Mann ein Mörder war! Ich schluckte, als er einen Schritt zurücktrat, um mich ins Haus zu bitten.

„Kommen Sie herein, ich zeige Ihnen gerne das Atelier!"

Ich folgte ihm durch einen dunklen Flur, der einmal quer durch das Haus zu gehen schien. Tucholsky öffnete eine weitere Tür und vor uns tat sich ein riesiger Raum mit Galerie auf. Die alte Scheune des Hauses. Es roch nach Holz und Farbe. Dazwischen mischte sich ein Geruch, den ich nicht deuten konnte.

„Ich habe gerade eine Flasche Rotwein geöffnet, möchten Sie auch ein Glas?" Ich nickte, während ich ihn nicht aus den Augen ließ. Er bewegte sich elegant, als er ein Glas holte. Nachdem er es mir gereicht hatte, bat er mich: „Fangen Sie an, was möchten Sie wissen?"

Ich suchte in meinem Gehirn nach den wenigen Fragen, die ich mir zuvor zurechtgebastelt hatte: „Herr Tucholsky, Sie meinten, eine Frau hätte Sie zu *Blut und Peitsche* inspiriert. Möchten Sie mehr darüber erzählen?"

„Es sind immer Frauen, die mich zu meinen Werken inspirieren. So, jetzt bin ich dran. Jede Frage kostet eine Gegenfrage." – „Das ist in einem Interview aber nicht…"

Er grinste verwegen: „Machen Sie einfach mit! Wie kommt es, dass eine Sportjournalistin wie Sie sich dermaßen für Kunst interessiert – vor allem für meine?"

Ich wich seinem durchdringenden Blick aus: „Personalmangel. Jetzt ich: In Ihren Bildern steckt unglaublich viel Gewalt. Weshalb?"

Er lehnte sich zu mir vor. Mir wurde heiß und kalt. Jack Tucholsky streckte seine Finger nach meiner Hand und fuhr über die Haut meines Armes: „In Gewalt steckt Macht, Spannung, Verlangen…" Die Härchen meines gesamten Körpers stellten sich auf. Ich wollte keine Angst zeigen, dennoch zog ich den Arm weg. Mein Handy summte und ich griff schnell danach. Eine Nachricht von Berni: *Die Polizei hat den Mörder geschnappt.*

Das Bild

Jess Geiger (Dinslaken/Nordrhein-Westfalen)
Nominierte Preisträgerin

Sie können sich kein Bild davon machen, wie man sich fühlt, wenn man als selbiges an der Wand hängt. Ich hätte mir ja selbst nicht in meinen kühnsten Träumen vorstellen können, was aus mir wird. Wohin es mich treibt bzw. wohin man mich hängt. Hängen als Bild ist im Vergleich zu Ihnen als Mensch eher als Kompliment zu verstehen. Wenn wir hängen, fängt das Leben erst mal richtig an. Während bei Ihnen ... ach, lassen wir das.

Geboren wurde ich durch die Künstlerin Brigitte K. Vor drei Jahren bespannte sie diese Leinwand und trug die ersten Schichten Acrylfarbe auf, zuerst in diversen Gelbtönen. Bei Gelb denke ich immer gleich an Sonne, Wärme und Urlaub. Ich beneide die Kollegen, die in griechischen Tavernen rum hängen, die fremde Sprachen und das Geklapper von Geschirr und Weingläsern hören.

Nach dem Gelb klatschte sie mir doch glatt orange ins Gesicht. Dann wagte sie es, mir auch noch - wie sagt man so schön – „Sand ins Getriebe" zu streuen. Erst habe ich gerufen: „Hey, soll ich dir auch mal mit Schmirgelpapier über den Körper fahren?" Aber Brigitte war so vertieft in ihren „Prozess", dass sie mich nicht hörte. Aber wer hört schon die Schreie eines Bildes? Es gab mal einen Dichter, der hörte nicht nur die Schreie der Schmetterlinge, der wusste auch, wie Wolken schmecken, und Sie wissen genauso gut wie ich, was man davon hielt.

Na ja, der Sand bekam mehrere Schichten Braun verpasst, schließlich gehört auch Brigitte zu den Künstlern, die kaum etwas einfach so lassen können, wie es ist. Immer gilt es „zu verändern, zu verfremden oder weiß-der-Teufel-was". Sie müssten sie mal in Aktion sehen, wie sie ihr Gesicht verzieht, wenn sie verzückt oder verzweifelt an mir herum werkelt.

Eines Tages kam sie wutentbrannt zu mir, ich weiß nicht, wer sie auf die Palme gebracht hat, ihre Chefin, der bekloppte Ex, das Amt oder gar ihre Mutter … Sie schmiss mich auf den Boden, tauchte den dicksten Pinsel in leuchtendes Rot und klatschte mir die Farbe nur so um die Ohren. Immer und immer wieder, es glich einer Schlacht, mir war, als spritze Blut … Ich befürchtete, dass sie noch zu schlimmeren Taten bereit wäre - und hoffte, dass niemals irgendwelche Waffen in ihrer Nähe lagen.

Zum Glück erinnerte ich mich daran, was sie den Besuchern immer erzählte: Dass man in der Kunst alle negativen Gefühle, Rachegelüste und selbst Mordgedanken so wunderschön abarbeiten könne, ohne wirklich selbst zum Täter zu werden.

Im besten Fall zu einer guten Künstlerin.

Eine Woche später fand eine Vernissage statt. Nicht nur in Brigittes Atelier, auch in den Räumen nebenan, im gesamten Künstlerquartier. Ganze Horden von Menschen kamen, um sich all die Bilder und Skulpturen anzusehen, an denen man sich Lust und Frust von der Seele gearbeitet hatte. An solchen Tagen stehen Trauben von Menschen vor uns und fachsimplen, was das Zeug hält, die Kunstkenner und Laien, die sich alle für Experten halten. Es ist zum Schießen, was ich da an Gesprächsfetzen mitbekomme. Kaum zu glauben. Hier ein paar Beispiele: „Das hätte ich auch selbst hinbekommen."

„Sooo viel Geld wollen die dafür haben? Für was? Für so'n bisschen Farbe?"

„Das kann mein sechsjähriger Sohn auch."

Lass sie nur reden, denke ich dann immer. Die sind doch nur neidisch. Die lästern doch nur solange, bis sie es selbst mal versucht haben. Und dann feststellen mussten, dass da doch „ein bisschen mehr" dahinter steckt. Was Brigitte aus mir gemacht hat, ist mehr, als Leinwand und Farbe zusammenzubringen. Ich bin eine Persönlichkeit geworden. Etwas Einzigartiges.

Letztens hat Brigitte äußerst gut gelaunt öfter telefoniert. Dann sah sie mich verzückt an und jauchzte: „Verkauft!" Sie strich zärtlich über meine Oberfläche und flüsterte: „Morgen bekommst du ein neues Zuhause. Hab' keine Angst, die Leute sind total nett!"

Man soll ja auf sein Bauchgefühl hören, sagt besonders Brigitte immer so gern. Ich hätte gern gewusst, wo ihr Bauchgefühl sich an dem Tag versteckt hat … Von wegen nette Leute … Sie waren mir von Anfang an unsympathisch. Er saß, auf seinen Stock gestützt, in einer Ecke, war wortkarg und weder an Kunst noch an mir interessiert. Sie führte sich auf wie Grand Dame, überkandidelt, mit emotionsloser Stimme, eiskaltem Blick und sehr dominant. So stelle ich mir die böse Stiefmutter im Märchen vor. Es schien ihr anfangs eher darum zu gehen, ordentlich Geld auszugeben, statt meine wahre Schönheit zu erkennen. Doch dann blitzte irgendetwas in ihren Augen auf, das mich regelrecht erschaudern ließ. Als hätte sie einen Geistesblitz oder eine göttliche Eingebung, blickte sie abwechselnd von mir zu ihrem Gatten und zurück, nahm mich einfach von der Wand und besiegelte damit unser Schicksal.

Nach einer langen holprigen Autofahrt durch viel Wald, untermalt von trauriger klassischer Musik, wurde ich in einer düsteren Villa über den Kamin gehängt. Tagsüber sah ich nicht viel von den beiden. Madame war immer schlecht gelaunt und er ständig vor ihr auf der Flucht. Die Haushaltshilfen wechselten häufig. Erst beim Abendessen trafen die beiden wieder aufeinander.

Er näherte sich ihr immer liebevoll, obwohl sie so ein Aas war. Fragte sie, wie es ihr geht und wollte sie umarmen oder am Arm berühren, aber sie stieß ihn jedes Mal verhasst weg. Egal, was er dann auch sagte oder fragte, sie schaffte es, alles zu negieren, ihm jedes Wort im Mund umzudrehen und wegen allem lange Schimpfattacken gegen ihn zu richten. Nach dem Essen verzog er sich in den Keller, ich habe nie herausfinden können, was er dort trieb, Briefmarken sammeln oder tote Tiere ausstopfen.

Sie versank grimmig in ihrem Ohrensessel vor dem Fernsehen und sah am liebsten Krimis. Gemeinsam war ihnen allerdings der Schlummertrunk, er bevorzugte Whisky, sie Sherry. Nach dem Abendprogramm kam er wieder hoch, setzte sich in seinen Sessel und dann starrten sie in den Kamin. Ich betete, bitte, lass sie nicht anfangen zu reden, denn dann … ja, wenn sie anfing, konnte man es nicht mehr reden nennen. Von null auf hundert schrie sie auf ihn ein, beschimpfte und beleidigte ihn, als wäre er der Teufel persönlich – dabei verkörperte sie selbst ihn wie kein anderer. Er ließ alles über sich ergehen, wehrte sich kaum, ich hörte von seinem kranken Herz, wahrscheinlich durfte er sich nicht mehr zu sehr aufregen. Vielleicht war er auch schon zu lange krank, um sich aus diesem Elend zu befreien. Hatte wohl rechtzeitig den Absprung verpasst, als Liebe sich in Abhängigkeit wandelte. Mein Mitleid wuchs täglich.

Und allabendlich wünschte ich: Oh, wenn ich doch sprechen könnte! Wie gern hätte ich ihm zugerufen: „Mensch, wehr dich doch! Lass dich doch nicht so fertig machen! In diesem Haus wimmelt es von Waffen, wohin das Auge reicht, greif zu und tu etwas!" Aber er verstand nicht. Wurde immer kleiner und schwächer, man konnte kaum noch zusehen.

Kurz vor Weihnachten spitzte sich – wie überall im Land – die Lage bedenklich zu. Ebenso ihr Alkoholkonsum. Jetzt tranken sie schon nachmittags. Am vierten Advent platzte der Knoten, sozusagen. Schon beim Abendessen malträtierte sie ihn so sehr, dass er kurz vor einer Herzattacke stand. Seiner letzten, war zu befürchten. Sie verzichtete auf den Krimi und schrie ununterbrochen wie eine Furie auf ihn ein. Er bekam keine Gelegenheit, sich zu verziehen, sie hielt sogar die Tür zu. Er rettete sich in seinen Sessel, verdrehte die Augen und sah aus, als bete er: „Lass es irgendwie zu Ende gehen!" Sie war völlig außer sich, fing sogar an, wild um sich zu schlagen, zum Glück nur in die Luft. Erst mal. Dann ruderten ihre Arme Richtung Kamin und im Bruchteil einer Sekunde griff sie den Schürhaken und wollte auf ihren Gatten einschlagen. Ich weiß nicht, welche Kräfte ich mobilisieren konnte und woher sie kamen, aber in dem Moment fiel ich von der Wand und ihr direkt auf den Kopf. Der Schürhaken fiel ihr aus der Hand und dem Gatten direkt vor die Füße, er handelte geistesgegenwärtig und rettete sein Leben. Das Blut spritzte nur so, ich hatte ja ähnliches wie auf einer Generalprobe bereits im Atelier erlebt, also blieb ich seelenruhig liegen und feuerte ihn in Gedanken weiter an. Irgendwann wurde es ruhig.

Und irgendwann kamen Polizei und Spurensicherung. Nach Aussagen der vielen Haushaltshilfen wurde Notwehr anerkannt. Er zog in ein schönes Seniorenstift und in einem großen hellen Zimmer hängte er mich über sein Bett.

Wenn er jetzt abends seinen Whisky genießt, schaut er seine geliebten Dokumentationen, die er sich früher im Keller angesehen hat. Bevor er ins Bett geht, erhebt er sein Glas und lächelt mir zu. Dann streicht er zärtlich über die roten Farbtupfer und die vielen dunklen Blutflecken, die mir einen neuen Ausdruck verleihen und ihm diesen herrlichen Frieden beschert haben.

Für ihn wäre ein Bild wie die Mona Lisa wertlos. Für ihn bin ich der Schlüssel zu Glück und Freiheit. Kunst ist eben relativ. Schön ist, was gefällt, und liegt im Auge des Betrachters. Könnte ich sprechen, würde ich sagen: „Gern geschehen. Habe die Ehre.“

Der Meister

Oliver Graf (Erlangen/Bayern)

„Das ist jetzt also Kunst?"
Mit nichts als Spott in der Stimme hatte ich Mia die Frage gestellt und dabei nicht bemerkt, dass der Meister hinter mir stand und zuhörte.
„Kunst ist Freiheit und Aggression!", raunte er von hinten, während er selbstverliebt auf sein Machwerk blickte. Das mit der Aggression konnte ich gut nachvollziehen, versuchte aber ruhig zu bleiben. „Und was ist das?"
„Menstruationsblut", stellte er lapidar fest und wiederholte damit nur den Titel des Gemäldes. Er widerte mich so an. Wieso kamen Menschen zu seinen Vernissagen und feierten ihn? Warum kaufte jemand auch nur eines seiner Bilder für, ich beugte mich vor und las den Preis, himmelschreiende achtundfünfzigtausend Euro?
Zum Glück kam ein Kellner mit Champagnergläsern vorbei. Ich nahm mir zwei, aber Mia wollte keins. Egal, mein persönlicher Bedarf an Alkohol war gegeben. Ich stieß gequält lächelnd mit dem Meister an und trank eins der Gläser in einem Zug leer.
Da die Häppchen kulinarischer Firlefanz waren, mit jeweils mindestens einer Zutat, auf die ich allergisch war, war der weitere Verlauf des Abends keine Überraschung, ebenso wie die Tatsache, dass ich mich am nächsten Morgen an nichts mehr erinnern konnte.

Ich wachte mit Champagner geschädigtem Schädel und der Frage auf, was ich hier machte. Mein Körper schmerzte und ich fror. Ich hatte auf dem gefliesten Boden der Galerie geschlafen. Unter selbstmitleidigem Stöhnen begann ich mich hochzurappeln. Im Vierfüßler bemerkte ich das Blut an meiner Hand. Mein Blick wanderte über die Lache weiter zu dem Körper, der neben mir lag. Es war der Meister, ein Stück Holz in der Brust. „Scheiße", schoss es mir durch den Kopf, „Scheiße". Als ich saß und zur Wand blickte, wiederholte sich der Gedanke noch mindestens hundert Mal. Das

Gemälde hing nicht mehr an seinem gestrigen Platz, nur das Preisschild klebte noch dort.

Schwerfällig stand ich auf. Ich hatte schon schlimme Morgen erlebt, aber dieser schlug alles. Vor mir lag der Meister, tot, seine kalten Augen starrten mich höhnisch an. Selbst in diesem Zustand schien er mich auszulachen. Die Ästhetik der Blutlache von mir verschmiert, mein Hemd, meine Hose besudelt, das Bild zerfetzt, dessen Rahmen zerbrochen und ein Teil steckte in der Herzgegend des Toten. Der Meister an „Menstruationsblut" verstorben. Aber die Ironie des Gedankens verpuffte.

Ich schlug mir mit beiden Händen gegen die Stirn, raufte meine Haare, als könnte ich so die Gedächtnislücke wegmassieren. Was war geschehen? Ich lehnte mich gegen die Wand, rieb meine Augen in der Hoffnung aufzuwachen und den Albtraum zu verjagen. Langsam ließ ich die Arme sinken, blickte wieder zum massigen Körper des Meisters, sah, wie er immer noch dort lag, leblos in seinem Blut.

Wie spät war es eigentlich? Mein Smartphone! Vielleicht sollte ich Mia anrufen? Aber was sollte ich ihr sagen? Ich tastete meine Taschen ab, fand das Telefon aber nicht. Dabei ging ich doch nie ohne außer Haus, und gestern – ich hatte es mit Sicherheit gehabt, als ich zur Vernissage ging.

Lange starrte ich an die Decke, aber auch dort verfing sich die Erinnerung an die letzten Stunden nicht. Dafür bemerkte ich die Videokameras mit ihren rot blinkenden Lichtern, die mir gestern nicht aufgefallen waren. Fünf an der Zahl, und alle schienen sich auf mich zu richten. Was hatten sie aufgezeichnet? Aber eigentlich wollte ich es gar nicht wissen.

Und mit einem Mal ergriff mich Panik und der Gedanke an Flucht. Ich hatte keinen Plan, keine Ahnung wohin ich wollte. Ich wollte nur weg und das Grauen und den Leichnam des Meisters hinter mir lassen. Ich stürzte zu der breiten Glastüre, die gestern offen gestanden hatte, drückte gegen den Öffner, aber die Türe bewegte sich keinen Millimeter. Ich stemmte mich dagegen, riss daran, aber nichts. Ich versuchte nach draußen zu sehen, aber der Blick verlor sich in Dunkelheit. Nichts, was ich dahinter hätte erkennen können. Nur mein eigenes Gesicht, das reflektiert wurde. Meine

Angst, meine Ungewissheit spiegelten sich darin, und die Erkenntnis, ich hatte den Meister brutal ermordet.

Keuchend drehte ich mich dem Raum zu, suchte nach einem Gegenstand, mit dem ich das Glas der Türe hätte einwerfen können. Aber nichts. Verdammt, musste nicht in jedem dieser Ausstellungräume ein Feuerlöscher stehen? Kein Blumentopf, kein Stuhl. Nichts, das getaugt hätte, um mich aus meiner Falle zu befreien. Überhaupt war der Raum unglaublich kahl. Selbst an den Wänden keine anderen Bilder. Waren auch gestern hier keine anderen Exponate ausgestellt gewesen? War dieser Raum einzig für das Widerlichste aller Bilder reserviert?

Bleiches Licht, das von den weißen Wänden und dem polierten Boden reflektiert wurde, und das in meine Augen stach. Und genau in der Mitte des Raums lag der Meister. Und irrte ich mich oder verfolgten mich seine Augen? Wie bei diesen Portraits, bei denen der Maler es schafft, den Betrachter zu täuschen.

Auf der gegenüberliegenden Seite des Raumes befand sich eine weitere Türe. Ich hatte kaum Hoffnung, diese sei unverschlossen und falls doch, zweifelte ich daran, dass sie mich nach außen führen würde oder in einen Raum mit einem Fenster, durch das ich fliehen konnte. Dennoch, an die Wand gedrückt, schob ich mich mit möglichst großem Abstand zum Leichnam auf die andere Seite des Raumes, den Blick auf die Türe geheftet.

Ich drückte die Klinke. Ich hatte nichts anderes erwartet.

Ich warf mich dagegen, trat mit dem Fuß gegen das Holz, aber weder das Schloss noch die Türe gaben nach. Endgültig wurde mir bewusst, es gab kein Entrinnen. Der Meister und sein Mörder waren gefangen und würden gemeinsam auf die Wiedereröffnung der Ausstellung warten.

Alles drehte sich. Mir wurde übel. War es die Angst oder der Alkohol der letzten Stunden. Ich musste mich übergeben. Dann rutschte ich zu Boden, unfähig noch länger zu stehen oder mich wieder zur Glastüre zu bewegen. Wozu auch? Als ich saß, legte ich meine Stirn gegen die Knie und schloss die Augen. So floh ich aus dem Raum, aus dem Jetzt, floh in die Vergangenheit, in der der Meister noch nicht der Meister gewesen war, sondern lediglich mein älterer beschissener Bruder, der mich zum Zeitvertreib quälte. Warum wurden aus den größten Arschlöchern Meister und warum war ich als Versager im Sud der Gesellschaft gelandet. Immer auf ihn angewiesen, seine Almosen, die er mir mit einer Verachtung hinwarf, wie er einem Bettler einen fünfzig Euroschein in den Kaffeebecher stopfte, um sich noch erhabener zu fühlen.

Ich hatte ihn und seine Kunst Zeit meines Lebens gehasst und war ihm dennoch niemals entronnen. Und nun hatte ich ihn konsequenterweise umgebracht und ein Teil seiner Kunst steckte in seinem Brustkorb.

Die Vergangenheit rauschte vorbei, wie ein Güterzug, der durch den Bahnhof donnert. Es bebte und dröhnte in meinem Schädel.

Ich kauerte mich weiter zusammen, wie eine Schildkröte, die sich Schutz in ihrem Panzer sucht. So versuchte ich, mich klein zu machen, mich zum Verschwinden zu bringen. Ich begann zu murmeln, ohne dass ich mir im ersten Moment dessen bewusst geworden wäre. Aber ich wollte das Dröhnen in meinem Kopf loswerden. Ich murmelte stumpfsinnigen Kauderwelsch, ohne zu denken, ohne dass ich nach einem Satz noch den Sinn des Satzes davor hätte wiedergeben können.

So ist es also, wenn man den Verstand verliert. Mein Bruder hatte es immer vorausgesagt. Und nun sollte er Recht behalten.

Das Dröhnen in meinem Kopf wurde lauter, mein Murmeln ebenso. Die Geister verjagen. Ja, lauter, immer lauter spuckte ich sinnlose Wörter heraus, wie im verzweifelten Gebet.

Und dann, mit einem Mal war das Rauschen vorbei und ich bemerkte die Stille, gegen die ich nicht mehr anschreien musste. Meine Stimme erstarb.

Stille. Unsagbare Stille. Wie lange? Ich hatte keine Ahnung.

Langsam hob ich den Kopf.

Und plötzlich brandete Applaus auf.

Die breiten Glastüren waren zur Seite geschoben, dahinter war eine Tribüne aufgebaut. Ich konnte die Gesichter der Menschen, die dort saßen, nicht erkennen, aber mit einem

Mal wurde mir bewusst, dass sie die ganze Zeit dort gesessen und mich beobachtet haben mussten. Über die Kameras? Oder durch die Glastüre, durch die ich nichts erkennen konnte?

Und es kam Leben in den Körper des Meisters. Erst zuckte er, streckte sich ein wenig, dann drehte er sich zur Seite, stemmte sich mit den Händen in die Höhe. Als er stand, wischte er sich das Blut an seiner Hose ab, verbeugte sich und erhob sich wieder. Er reckte seine Arme nach oben, verschränkte die Hände, als wollte er sich selbst gratulieren. Das Publikum, rasend vor Begeisterung, trampelte mit den Füßen. Einzelnes Johlen. Der Meister verbeugte sich wieder.

Dann drehte er sich zu mir, lächelte. Er legte die Hand auf das abgebrochene Stück Holzrahmen an seiner Brust und riss es ab. Er zwinkerte mir zu, deutete mir, mich zu erheben und ihm die Hand zu reichen.

In dem Augenblick brannten all meine Sicherungen durch.

Innere Schönheit

Isabell Hemmrich (Kirchroth/Bayern)

Wunderschön. Sie ist das perfekte Modell. Mit diesem Gesicht und ihrer umwerfenden Figur müsste sie ihr Geld eigentlich gar nicht als Aktmodell verdienen. Sie könnte auch die Laufstege von Mailand oder Paris erobern. Mühelos. Da bin ich mir sicher. Natürlich macht es für mein Werk eigentlich keinen Unterschied, wie ihre körperlichen Vorzüge beschaffen sind. Darum geht es mir nicht. Ich rühme mich vielmehr, hinter diese trügerische Maske blicken und die wahre, die innere Schönheit zum Vorschein bringen zu können. Genauso gut könnte jetzt also ein magerer Greis mit verschrumpelter, von Altersflecken übersäter Haut oder eine Übergewichtige mit hervorquellenden Speckrollen und Dehnungsstreifen vor mir sitzen. Tief im Inneren besitzt jeder etwas, das ihn anziehend und reizvoll macht. Ästhetisch. Malenswert. Davon bin ich überzeugt.

Diese Erkenntnis ist mir schon ganz am Anfang meiner künstlerischen Laufbahn zuteilgeworden, als ich mich – ausgerüstet mit Staffelei und Farbkasten – in die Tiefen des Odenwalds aufgemacht habe, um inmitten dieser einmaligen Naturkulisse Inspiration zu suchen. Meine damaligen Versuche, die Schönheit und den Zauber meiner Umgebung auf die Leinwand zu bannen, waren natürlich noch ziemlich dilettantisch. Das sehe ich heute selbst.

Doch schon damals ist mir bewusst geworden, dass jeder Baum und jeder Stein etwas Einzigartiges besitzt, das über die artspezifischen Unterschiede zwischen Buchen, Kiefern und Fichten, über die geologischen Merkmale von Sandstein und Muschelkalk weit hinausgeht. Seien es außergewöhnliche Kennzeichen wie Astnarben oder Einschlüsse im Gestein, manchmal auch nur die besondere Oberflächenstruktur der Rinde, das Licht, das sich in einem bestimmten Winkel auf einer Felswand bricht.

Wenn man sich auf ein Motiv einlässt, wirklich einlässt, erkennt man schnell, was das Objekt, das man auf die Leinwand bannen will, vor allen anderen auszeichnet. Jenseits aller Äußerlichkeiten wartet etwas darauf, eingefangen, nein, vielmehr freigelegt und offenbart zu werden. Das ist die Aufgabe des wahren Künstlers: die innere Schönheit sichtbar werden zu lassen. Bei menschlichen Motiven ist es genauso. Jeder besitzt *Schönheit*, und das will ich mit meinen Bildern deutlich machen.

Am Anfang ist es mir schwergefallen, das will ich gar nicht leugnen. Ich habe lange gebraucht, um über die Hässlichkeit der Menschen hinwegsehen zu können, die äußerliche wie auch die innerliche. Wie viel einfacher ist es doch, das Einnehmende einer Kiefer darzustellen, als über die vielen Makel einer Person hinwegzusehen: Dellen und Falten, die die Haut verunstalten; Eitelkeit, Habgier und Missgunst, die den Charakter deformieren. Doch letztendlich ist es mir gelungen, tiefer zu blicken.

Ob sie gut hergefunden habe, frage ich mein Modell. Nein, natürlich hat sie sich erst einmal verfahren. Das war nicht anders zu erwarten. Schließlich wohne ich mitten im Wald, und so versteckt, wie mein Häuschen zwischen den himmelhohen dichten Stämmen steht, finden es die wenigsten auf Anhieb. Während sie an dem Kaffee nippt, den ich für uns gekocht habe, richte ich meine Utensilien her: Haar- und Borstenpinsel in verschiedenen Stärken, ein Spachtel, die Malerpalette und natürlich das Wichtigste: die Farben. Hauptsächlich Rot- und Brauntöne, die sind unerlässlich für mein spezielles Sujet.

Natürlich weiß ich, dass meine Werke nicht nach jedermanns Geschmack sind. Dafür sind sie zu surreal, zu provokant, zu wenig Mainstream. Aber wenn Ihnen Baudelaires Gedichte, die Skulpturen von Beuys oder die Filme von Christoph Schlingensief gefallen, werden Sie auch meine Bilder zu würdigen wissen.

Ich will versuchen, Ihnen meinen Ansatz zu erklären: Stellen Sie sich den Menschen als eine Art Frucht vor, ein Stück Obst aus dem Bioladen, dessen Schale braune Stellen und unschöne Risse aufweist. Oder als pestizidbelasteten Norm-Apfel aus dem Supermarkt. Das macht im Grunde keinen Unterschied, es geht um das, was darunter liegt. Entfernt man nämlich die schadhafte, verseuchte äußere Hülle, bietet sich das Fruchtfleisch in all seiner Pracht dar: feuchtglänzend, farbintensiv und von einer ganz und gar außergewöhnlichen Struktur. Können Sie mir folgen?

Wissen Sie, bevor ich Künstler wurde, war meine Leidenschaft das Waidwerk. Gut, ich gebe zu, dass mir diese Tätigkeit noch viel weniger lag als meine jetzige Passion. Das Töten hat mir noch nie Freude gemacht. Deshalb habe ich angefangen, stattdessen auf Motivjagd zu gehen. Andererseits hat es meinen Ehrgeiz nicht befriedigt, immer nur Bäume und Felsen zu malen. So schön der Odenwald auch ist: Es verlangte mich nach einer größeren künstlerischen Herausforderung. Ich wollte etwas Neues, etwas Eigenes schaffen.

Und da erinnerte ich mich an den Anblick, der sich dem staunenden Auge des Betrachters nach dem Aufbrechen des Wildes darbietet: der Zauber des Inneren. Nicht die tote Künstlichkeit, das starre Grauen eines Gunther von Hagens. Nein, das lebendige Glitzern und Schillern des frischen Blutes, das Dampfen der noch körperwarmen Organe. Das ist wahre Schönheit!

Die kraftvolle Ästhetik des zur Ruhe gekommenen Herzens, die harmonische Eleganz der Lungenflügel, die nahezu transzendentale Schönheit der ineinander geschmiegten Darmschlingen. Und erst die Farben! Die Bezeichnung „blutrot" ist so irreführend. Als gäbe es nur einen Farbton für dieses unnachahmliche Elixier des Lebens. Amaranth, Bordeaux, Karmesin, Koralle, Scharlach, Zinnober: Die ganze Bandbreite der Farbskala muss ich aufbieten, um seine einzigartige Strahlkraft einzufangen.

Gut, sie ist eingeschlafen. Das Lendormin wirkt zuverlässig, und noch dazu ist es so herrlich geschmacksneutral. Jetzt kommt der Teil, der mir immer am schwersten fällt: Ich rolle die vorbereitete Plane aus, platziere mein Modell und dann – zack – ein gezielter, wuchtiger Hieb auf den Schädel. Unschön, aber leider notwendig. Die Tatwaffe – ein Felsbrocken, den ich von meinem letzten Spaziergang mitgebracht habe – versenke ich später in der Mümling, die Reste meiner Arbeit vergrabe ich im Wald. Die Natur holt sich alles wieder.

Das ist nur gerecht, schließlich ist Mutter Natur die größte Künstlerin von allen. In millionenfacher Variation lebt sie ihre Kreativität aus, immer wieder neu und überraschend. Ich selbst verfüge leider über keinerlei Imaginationsgabe. Ich kann nur kopieren, was ich sehe. Aber das, was ich jetzt vor mir habe, ist so rein und vollkommen, so unverstellt und echt, dass ich spüre, auch dieses Bild wird wieder ein Meisterwerk werden.

Nur selten gönne ich mir den Luxus, ein professionelles Aktmodell zu mir zu bestellen. Das Risiko, dass man mir auf die Schliche kommen könnte, ist zu groß. Meistens ist es der Zufall, der meine Motive auswählt: Der Wanderer, der Erholung in der Natur sucht und den ich auf ein Gläschen „Odenwälder Bub" zu mir einlade; der Obdachlose am Erbacher Bahnhof, den ich mit der Aussicht auf ein paar Euro zu mir locke.

Ja, so gut wie jeder könnte den Weg auf meine Leinwand finden. Was ist mit Ihnen? Träumen Sie nicht auch davon, unsterblich zu werden? Davon, dass jemand hinter den äußeren Schein blickt, Ihr wahres *Sein* erkennt, jenseits aller Schönheitsfehler, Unzulänglichkeiten und Charakterschwächen? Kommen Sie mich doch mal besuchen. Nur keine falsche Scheu. Sie können mir glauben: Tief im Innersten ist jeder schön …

Corinna und Corona

Helen Leimer (Bettlach/Schweiz)

„Noch 10 Minuten bis zum Lockdown!" Der Barkeeper läutete die letzte Runde ein. Die Kunststudenten saßen an einem kleinen runden Tisch, umzingelt von vielen fremden und wohlbekannten Gesichtern. Severin, Maximilian, Samantha und Corinna bestellten eine weitere Runde Bier und Shots. „Auf den Lockdown!", stießen sie an. Corinna teilte die Vorfreude ihrer Mitstudenten nicht. Sie hasste es, alleine zu sein. Zu Hause darauf zu warten, dass eine unsichtbare Gefahr vorüberzog. Nicht die Krankheit, sondern die Einsamkeit würde sie verschlingen. Ihre Freunde diskutierten seit Stunden über den Corona-Virus. Die Medien, die sozialen Netzwerke und sämtliche Mitmenschen kannten kein anderes Thema. Seit die ersten Hamsterkäufer die Toilettenpapierregale weggefegt hatten und Passanten mit Latexhandschuhen und Mundschutz ihren Weg kreuzten, bekam es auch Corinna mit der Angst zu tun. Vier Wochen ohne Uni, Galerie oder sozialem Austausch. Auch wenn die IT-Branche etwas anderes behauptete, konnten persönliche Kontakte nicht durch Skype, WhatsApp und Co. ersetzt werden. Corinna nippte an ihrem schalen Bier und ließ den Blick durch das volle Pub gleiten. Es schien, als wollten alle ein letztes Mal mit Freunden trinken, bevor sie alleine zu Hause ihren Kummer ertränken mussten. Als sie heute Nachmittag vom Lockdown erfuhr, hatte sich Enttäuschung in ihr ausgebreitet. Sie hatte sich seit Wochen auf den Kurs für außergewöhnliche Darstellungsformen gefreut. Nun war er abgesagt. Dank dem Virus. Corona hier, Corona da. Sie konnte es nicht mehr hören.

„Putin war's!", schrie Maximilian über den Lärm der Gäste hinweg. „Der hat dank dem Virus mit Gold sechs Milliarden verdient."

„Nein! Trump, das ist die nächste Stufe des Wirtschaftskriegs. Stell dir vor, was alle Firmen nach der Pandemie machen? Die ziehen alle ihre Produktion aus China ab, gehen in den Nahen Osten oder produzieren wieder hier bei uns. Gut für unsere Wirtschaft, aber scheiße für China!" Severins Ausführungen zu der neuesten Verschwörungstheorie wirkten stimmig. Samantha legte den Kopf an Maximilians Schulter und döste. Der letzte Shot hatte ihr den Rest gegeben.

„Ich denke Greta hatte die Finger im Spiel", warf nun auch Corinna ihre Theorie in die Runde. Maximilian und Severin starrten sie mit großen Pupillen an. Die Ungläubigkeit und der konsumierte Alkohol spiegelten sich darin. Sogar Samantha erwachte für kurze Zeit aus ihrem Dämmerzustand. Ihre haselnussbraunen Augen versteckten sich hinter einem dichten Promillenebel.

„Was?", prustete Severin. Beinahe hätte er sein Bier ausgespuckt.

„Greta, die hatte ich ja ganz vergessen. Die ist doch Schnee von gestern." Maximilian legte beschützend seinen Arm um Samantha. Sie schloss wieder ihre Augen und kuschelte sich näher an ihn.

„Ja, Greta. Stell dir vor, was eine weltweite Ausgangssperre für den Klimawandel bedeutet?" Severin und Maximilian waren sprachlos. Samantha löste sich mit sichtlicher Mühe von Maximilians Schulter und nuschelte: „Vielleicht", wie vom Donner gerührt war sie plötzlich hellwach, „oder alle drei zusammen!", schrie sie und schlug triumphierend mit der Faust auf die Tischplatte. Das laute Grölen der Männer bebte in Corinnas Ohren.

„Das nenn ich mal ein würdiges Statement!", lachte der Barkeeper. Corinna hatte nicht bemerkt, dass er zu ihnen an den Tisch getreten war. „Putin, Trump und Greta haben den Corona Virus verbreitet." Er nickte lächelnd, als ob ihm eine gute Idee besonders schlüssig erscheinen würde. „Dieses Statement sollte man publik machen und den arroganten Möchtegern-Weltveränderern eine Botschaft schicken", fuhr er fort, räumte ihre leeren Biergläser ab und machte sich auf den Weg hinter die Bar. Corinna beobachtete, wie er einige der Gäste aufforderte zu gehen. Um zwölf Uhr musste Schluss sein. Sie seufzte. Auch ihn würde sie während des

Lockdowns vermissen. Gefesselt von seinen dunklen fast schwarzen Augen, hatte er etwas Faszinierendes. Wie ein Magnet, dachte Corinna, dabei kenne ich noch nicht einmal seinen Namen. Sie fragte sich, ob ihre hellgrüne Iris dieselbe Wirkung auf ihn hatte.

Die vier Freunde machten sich auf den Heimweg. Dabei versuchten sie einander mit positiven Gedanken abzulenken. „Habt ihr von dem 101-jährigen Italiener gehört? Der hat den Virus überlebt!"

Doch nichts konnte Corinnas Angst bremsen. Alleine in ihren vier Wänden, für die nächsten vier Wochen. Sie musste sich dringend Leinwände und Farbe online bestellen. Wenn sie Glück hatte, könnte sie am Montag schon mit Malen beginnen. Eigentlich wollte sie modellieren, doch war es ihr nicht gelungen, in dieser kurzen Zeit, ihre kleine Wohnung in ein Skulpturenatelier umzubauen.

Zum Abschied nahm Corinna zuerst Severin, dann Maximilian und schlussendlich Samantha in den Arm. „Wir telefonieren jeden Tag", flüsterte sie in Corinnas Ohr. Ein milder Trost, dachte sie, nickte jedoch. Ein Lächeln brachte sie nicht zustande.

In diesem Moment sah Corinna zum letzten Mal ihren Freunden in die Augen.

Zwei Wochen später wurden, auf dem großen Platz vor der Universität, drei entblößte Leichen gefunden. Eine Frau und zwei Männer. Sie waren mit zu Strängen geflochtenem Toilettenpapier an ein eisernes Tor gebunden und trugen Latexhandschuhe und Mundschutz. Ihre Brustkörbe waren, vom Schlüsselbein bis zum Bauchnabel, aufgeschlitzt und die Lungen hingen aus ihren Leibern.

Detailgetreu waren die Atemorgane der Opfer mit drei verschiedenen Flaggen bemalt. In der Mitte, die Frau, mit dem schwedischen goldgelben Kreuz auf blauem Grund. Einer der Männer trug das gleichmäßige, russische Trikolor vor der Brust. Blau, weiss und rot zierten seine Lunge. Das Organ des anderen männlichen Opfers war mit dem amerikanischen Sternenbanner und rotweißen Streifen beflaggt.

Die Scham der Opfer wurde mit einem kurzen weißen Schurz verdeckt. Die roten Aufschriften „Corona von Greta", „Corona von Putin" oder „Corona von Trump" schmückten das Weiss. Stay at home; während des Lockdowns durfte die Bevölkerung ihr Zuhause nur für wichtige Besorgungen, Hilfeleistung oder zur Arbeit verlassen. Der Künstler war seinem Handwerk nachgegangen. Niemand hatte die Entstehung des Werks beobachtet, es gab keine Verdächtigen. Die Gräueltat war eine Momentaufnahme des Lockdowns.

Corinna überstand die Corona-Pandemie ohne Krankheitssymptome. Sie hatte sich in ihren Projekten vertieft und der Einsamkeit keine Chance gegeben. Denn Samantha hatte sich, seit ihrem letzten Treffen, nie bei ihr gemeldet. Nach einiger Zeit konnte sie ihren Kunstkurs für außergewöhnliche Darstellungsformen nachholen. Trotz Entwarnung der Regierung waren die Hörsäle selten voll. So kam es, dass sie, unter Einhaltung der sozialen Distanz von zwei Metern, mit einer Handvoll Studenten in einem großen hallenden Raum saß und auf den Dozenten wartete. Die Tür wurde aufgerissen und der Barkeeper trat ein. Corinna erwartete, dass er sich zu den übrigen Studenten setzte, doch ohne Worte für eine Begrüßung zu verschwenden projizierte er die Momentaufnahme des Lockdowns an die Wand. Corinna starrte schockiert und fasziniert die Projektion an. Einige ihrer Mitstudenten wurden bleich und wendeten den Blick ab. Die gesenkten Gesichter von Samantha, Maximilian und Severin glänzten in Übergrösse an der weißen Fläche. „Außergewöhnliche Darstellungsformen", sprach der Dozent laut und sachlich. „Verstehen Sie mich nicht falsch. Diese Darstellung ist sehr extrem und absolut illegal. Dennoch möchte ich von Ihnen wissen, weswegen dieses Kunstwerk den Nerv der Zeit getroffen hat?" Langsam ging der Redner vor den wenigen Studenten auf und ab. Er ließ dabei seinen Blick durch den Raum schweifen, bis er Corinna entdeckte. Seine dunklen Augen fixierten die ihren. Schwarz traf auf Hellgrün. Corinna war gefangen. Ein Magnetfeld, das sich zwischen ihnen bildete und für immer verband.

Der Neuanfang

Stefan Link (Mengerskirchen/Hessen)

Samstag, 21.03.2020, 11:32 Uhr:
„Ein Meilenstein in der Geschichte der Kunst."
„Performancekünstler Dimitri ist aus dem Kreis der Großen seiner Zunft nicht mehr hinwegzudenken."
Dimitri lächelte, als er sich die Schlagzeilen der morgigen Feuilletons vorstellte.
„Sein Mut zur Radikalität und die Auslotung psychischer Grenzen heben ihn auf die gleiche Stufe wie die große Marina Abramovic."
Dimitri rieb sich freudig die Hände und blickte entschlossen auf seine enorme Kunstinstallation, die er in ein paar Minuten betreten würde. „Scheiß auf das Feuilleton", murmelte er, „diesmal wird es die Titelseite."

Drei Monate lang hatte er sich auf dieses Wochenende im März vorbereitet. Seit Tagen hatte er sich bereits von der Öffentlichkeit abgeschottet, sein Zelt am Waldrand aufgeschlagen, um alles in Ruhe aufbauen zu können.
Ausgewählten Kunstjournalisten hatte er mitgeteilt, dass sie heute einen Brief überreicht bekämen. Darin befanden sich Rätsel, die sie in den nächsten 24 Stunden an diesen Ort führen sollten. Wenn seine Berechnungen stimmten, sollten allesamt nahezu gleichzeitig eintreffen.

„Mensch Udo, bist du sicher, dass du das tun willst?", hatte ihn sein Kumpel und Förderer Andreas Wegener vor Wochen gefragt. „Das ist doch Wahnsinn. Was, wenn etwas schiefläuft?"
„Ich war mir mit nichts sicherer, Andy, als bei diesem Projekt. Das wird schon klappen. Du kennst mich doch, ich habe Sicherungen eingebaut." Dann hatte er ihm spaßig auf die Schulter geboxt. „Und nenn mich nicht Udo, du weißt, dass ich diesen Namen nicht ausstehen kann."
Andreas war einer der wenigen Personen, die ihn ungestraft bei seinem richtigen Namen nennen durften. Bei allen anderen bekam er einen Ausraster und flippte völig aus. Natür-

lich war alles nur gespielt, aber wer im Gespräch bleiben wollte, musste mit solchen Aktionen auf sich aufmerksam machen.

Die Inspiration für sein heutiges Bravourstück hatte er bei einer Bildausstellung namens „Mörderische Kunst" im Landratsamt Erbach gewonnen. Besonders beeindruckt hatten ihn die Bilder des Künstlers Andreas Schmitt. Je länger er sie sich betrachtet hatte, desto tiefer wurde er in dessen Welt hineingezogen. Dunkle Farben, finster, bedrückend und geheimnisvoll.
Er hätte gerne mit dem Künstler persönlich gesprochen. Was waren seine Intentionen? War er religiös? Eventuell depressiv?
Dimitri musste lachen, bei seinem letzten Gedanken. Sobald ein Künstler dunkle Farben benutzte und über den Tod malte, galt er gleich als depressiv.
Das Bild „Der Neuanfang" war Dimitris Lieblingsstück. Es zeigte einen Gehenkten. Abstrakt gezeichnet, mit unwirklich langem gebogenen Hals.
Minutenlang hatte er davorgestanden und sich nicht geregt, bis ihm seine heutige Performance in den Sinn kam.

Um seine Muse zu ehren, wählte er als Örtlichkeit den Odenwald aus. Er fand ein nahezu unberührtes Waldstück zwischen der Sensbacher Höhe und dem Eutersee. Unmittelbar im Länderdreieck Hessen, Bayern und Baden-Württemberg gelegen. Kein Museum, es musste in der Natur sein.
Der einzige Weg hier hinauf führte nur über eine eingeschränkt befahrbare Serpentinenstraße. Möglichst abgelegen. Er wollte es den Journalisten nicht zu einfach machen.

Samstag, 21.03.2020, 11:53 Uhr:
Dimitri betätigte den Aufnahmeknopf an der Kamera, die an einem Stativ auf seine Konstruktion ausgerichtet war. Die ersten Stunden musste er selbst dokumentieren, dann sollte irgendwann die Presse eintreffen. In exakt zwei Minuten würden die Journalisten ihre Umschläge erhalten. Er hatte

den Boten angewiesen, diese um fünf vor zwölf zu überreichen. Dimitris erstes Statement des heutigen Tages.

Er ging zwei Schritte zurück und positionierte sich vor der Kamera. „Es ist der 21. März, Frühlingsanfang", begann er. „Die Natur fängt an zu blühen, alles wächst und gedeiht". Er drehte sich um und lief auf seine Konstruktion zu. Sie ähnelte einem Galgen aus einem Westernfilm, neben dem eine Art Kompressor stand. Der Kompressor war mit 24 Zugbändern an dem Unterbau des Galgens verbunden, der selbst aus 24 einzelnen Brettern bestand. Dimitri betätigte den Schalter einer Zeitschaltuhr und es begann zu rattern. Er kletterte auf das Konstrukt und legte sich einen dort herabbaumelnden Strick um den Hals. Dann holte er ein paar Handschellen heraus und hielt sie in die Höhe.

„Jedes dieser Bretter, auf denen ich stehe, ist ein Grundpfeiler unserer Gesellschaft. Durch die Ausbeutung der Natur, des Menschen und der Gier ziehen wir uns mehr und mehr den Boden unter den Füßen weg. Wenn wir nicht damit aufhören, richten wir uns selbst zugrunde." Dimitri wies auf die Maschine, die plötzlich anfing, schneller zu rattern, bis es ohrenbetäubend klackte und eines der Bretter, auf dem mit weißer Farbe „Barmherzigkeit" geschrieben stand, wurde mit rasanter Geschwindigkeit aus dem Holzstapel gezogen, so dass er ein paar Zentimeter nach unten sackte. „Wenn keine Grundpfeiler mehr da sind und wir nicht sofort neu anfangen, werden wir sterben." Er fesselte sich selbst mit den Handschellen, indem er sie sich hinter dem Rücken anlegte.

Ab jetzt gab es kein Zurück mehr.

„Es ist fünf vor zwölf. Die Natur hat heute am 21.03.2020 mit einem Neuanfang begonnen, lasst uns ebenfalls neu beginnen!", schloss er seine Rede und blieb ab diesem Moment wortlos auf der Konstruktion stehen.

Samstag, 21.03.2020, 11:57 Uhr:

Andreas Wegener öffnete hektisch den Umschlag, der ihm vor zwei Minuten von einem Boten überreicht worden war. Er verfluchte seinen Freund, dass er ihn nicht über die Örtlichkeit eingeweiht hatte. Dimitri wollte unbedingt ein verschrobener Künstler sein. „Ich möchte, dass es authentisch ist", hatte er ihm gesagt.

Dimitris einziger Hinweis war, dass er sich ein Zimmer in Erbach nehmen sollte.

Nun hieß es, schnell zu handeln. Dimitri hatte keine Ahnung, was sich in den letzten Tagen in Deutschland abgespielt hatte. Eigentlich durfte Andreas nicht einmal mehr in dieser Pension sein. Er hatte dem Inhaber zweihundert Euro extra bezahlt, damit er bleiben durfte. Nachdem er den Umschlag geöffnet hatte, schnappte er sich Jacke und Autoschlüssel und folgte dem ersten Hinweis.

Sonntag, 22.03.2020, 02:55 Uhr:
Ein Klacken durchbrach die Stille im Wald. Ein Brett mit der Aufschrift „Klima schützen" wurde auf den Waldboden geschleudert. Alles lief wie am Schnürchen. Ab dem nächsten Brett würde sein Strick um den Hals erstmals gespannt sein, dann würden die heiklen Stunden folgen.

Sonntag, 22.03.2020, 09:32 Uhr:
Andreas Wegener fuhr durch die Straßen von Miltenberg in Richtung Eutersee. Zuletzt kam er an der Mülldeponie Guggenberg vorbei, einem Ort, an dem man nicht verwertbaren Müll lagerte. Werbewirksamer Teil von Dimitris Kunstinstallation. Als Andreas den Ortsausgang passieren wollte, geschah das, was er den ganzen Tag vermeiden wollte. Für einen kurzen Moment überlegte er, aufs Gaspedal zu treten.

Sonntag, 22.03.2020, 09:56 Uhr:
Seit dem letzten Klacken vor einer Minute hielt sich Dimitri nur noch auf Zehenspitzen. Seine Knie waren wackelig, das Luftholen mehr und mehr beschwerlich, doch hatte er diese Situation trainiert. Ab jetzt würde seine Absicherung greifen. In den nächsten fünf Stunden würde die Maschine ruhen und mit jeder Sekunde sollten die ersten Journalisten eintreffen.

Sonntag, 22.03.2020, 11:15 Uhr:
Andreas Wegener saß auf der Rückbank eines Polizeiwagens.
„Glauben Sie mir doch!", schrie er die Beamten an. „Es geht hier um Leben und Tod. Ich bin der Einzige, der ihn suchen wird."
Der Polizist auf der Beifahrerseite schüttelte den Kopf und drehte sich zu ihm um. „Nichts da", sagte er durch seine Atemschutzmaske hindurch. „Sie haben es doch gehört. Ausgangssperre bedeutet Ausgangssperre. Auf Sie wartet ein saftiges Bußgeld, Herr Wegener."
„So hören Sie doch, ich mache hier meine Arbeit und das ist doch wohl noch erlaubt. Dimitri hat keine Ahnung, was in den letzten Tagen in Deutschland passiert ist."
„Blödsinn", sagte der Fahrer. „Das hat ja wohl der letzte Provinzler mitbekommen, dass der Virus da ist. Außerdem haben Sie was von einer Kunstausstellung gesagt, und die sind auf jeden Fall verboten."
„Schicken Sie wenigstens eine Streife dorthin."
„Dort sind die Hessen zuständig, ist nicht unser Bereich. Der wird schon merken, wenn keiner kommt und irgendwann nach Hause gehen."

Sonntag, 22.03.2020, 11:55 Uhr:
Dimitri stand mit zittrigen Beinen noch immer auf Zehenspitzen auf dem letzten Brett, auf dem „Nächstenliebe" zu lesen war. Der Plan war, dass ein Journalist ihn erlösen sollte, bevor das letzte Brett gezogen wurde. Die ersten hätten längst hier sein sollen. Wenigstens Andy. Doch keiner weit und breit.

Sonntag, 22.03.2020, 14:55 Uhr:
Ein Rattern begann und ein letztes Knacken durchbrach die Stille des Odenwaldes.

Freitag, 27.03.2020, 08:02 Uhr:
Andreas Wegener schlug die Tageszeitung auf und las die Überschrift: „*Virus könnte Klima retten, Protestkünstler Dimitri richtet sich einige Tage zu früh.*"

Er verzog sein Gesicht zu einer Grimasse. „Na immerhin hat er es auf die Titelseite geschafft."

Madhouse of men

Monika Loerchner (Warstein/Nordrhein-Westfalen)

Sämtliche Stammgäste des Pubs wussten: Wechselte Franz Nieder, Kriminalkommissar a.D., von Bier zu Schnaps, wurde es unterhaltsam.

„Es war mein erster Vermisstenfall", begann Nieder. Alle rückten etwas näher, dann wurde es mucksmäuschenstill. Der pensionierte Polizist seufzte schwer und fuhr fort. „Chris Weber war ein mieser Säufer, wie er im Buche stand. Dass er bei der Arbeit noch nie vom Dach gefallen war, grenzte an ein Wunder und seine Frau Millie hielt es wohl nur deshalb noch mit ihm aus, weil sie genau darauf hoffte. Eines Tages hatte Millie die mehrfach gebrochene Nase voll und wandte sich an 'Madam Mystik' alias Marianne Germ, eine gelernte Kosmetikerin, die bereits einmal wegen Trunkenheit am Steuer belangt worden war.

Eines unterschied Madam Mystik angeblich von ihren Kolleginnen: Sie konnte nicht nur in die Zukunft blicken, sondern verfügte auch über die Macht, diese zu ändern.

Millie bat also besagte Madam Mystik um Hilfe, ihren trunk- und schlagsüchtigen Ehegatten loszuwerden. Madam warf einen Blick in ihre Glaskugel, schlief eine Nacht darüber, 'um sich der Gunst der Geister sicher zu sein' und entschied dann, Millie zu helfen. Sie nahm ihr Geld und erhielt ein Foto von Chris Weber.

Und plötzlich war der spurlos verschwunden.

Laut Millie und Chris' Angestellten fehlten weder Kleidung, noch Bargeld oder sonstige persönliche Gegenstände. Ob er abends zuvor von seinem täglichen Gang in die Dorfkneipe nicht nach Hause gekommen oder erst im Laufe des Tages verschwunden war, konnte Millie nicht sagen, da sie nachweislich schon seit Jahren zu Schlafmitteln griff.

Niemand hatte etwas gehört oder gesehen. Wir hatten nichts - außer natürlich dem, was uns Millie über Frau Germ erzählt hatte.

Wir suchten sie auf und rechneten mit einer harmlosen Betrügerin. Was wir dann aber vorfanden, hatten wir nicht er-

wartet: An einer Wand hing, verborgen hinter einem dunklen Samtvorhang, ein riesiges Gemälde. Dickes Öl auf schwerer Leinwand, eingefasst in einem Rahmen aus vergoldetem Holz. Es war 2m hoch und 1,6 m breit, die Farben kräftig und dick. Es zeigte ein riesiges Haus ähnlich einem Puppenhaus, und zwar so, als hätte man es der Länge nach aufgeschnitten. Ich brauchte eine Weile, um zu erkennen, was dieses Bild so besonders machte und mir rann ein Schauer über den Rücken: Die Menschen in den Zimmern waren ausnahmslos Männer. Sie gingen geradezu lachhaft alltäglichen Beschäftigungen nach: Im Badezimmer saß einer auf der Toilette, einer stand unter der Dusche, während ein anderer den Boden putzte. In den anderen Räumen sah es ähnlich aus: Männer unterschiedlichsten Alters verrichteten Hausarbeiten, lasen Zeitung, hängten ein Bild auf oder schrieben einen Brief. Das Verstörende jedoch war, dass ihnen allen ein Ausdruck puren Entsetzens in Gesicht geschrieben stand: Augen und Münder waren weit aufgerissen im Angesicht eines für uns unsichtbaren Grauens.
'Gefällt Ihnen mein 'Madhouse of men'?', fragte Madam Mystik und ich zuckte zusammen. Ich schwöre, sie hatte sich absolut lautlos durch den Raum bewegt
'Nicht besonders', hatte ich erwidert. 'Haben Sie es gemalt?'
Sie nickte.
'Mehr als das, ich habe es erschaffen!'
'Wie meinen Sie das?'
'Nun', sagte sie und lächelte, 'ich habe das Haus und alles darin gemalt. Außer den Männern. Die habe ich hinein gehext.'
Ich meinte, mich verhört zu haben.
'Wie bitte?'
Sie deutete auf einen dicken Mann mittleren Alters.
'Den hier zum Beispiel, Richard Oberkirchen. War nicht sehr nett zu seiner Frau! Also habe ich ihn hierher gebracht.'
Sie schien sehr mit sich zufrieden zu sein. 'Und bevor Sie fragen: Chris Weber ist auch hier.'
Sie zeigt auf einen Kellerraum. Ich beugte mich vor und tatsächlich, da war er: Er beugte sich über einen Wäsche-

korb. Die Waschmaschine hinter ihm schien wie das geöffnete Maul eines Monsters darauf zu warten, gefüttert zu werden. Es war zweifelsfrei der Vermisste. Es stimmte jedes Detail, von der Farbe der Kleidung bis hin zu seinen Haaren. Auf seinem Gesicht zeichnete sich dasselbe Entsetzen ab wie bei allen anderen.

Die Frau sah mich an und ich wich einen Schritt zurück. Sie hatte etwas an sich, das nicht von dieser Welt schien.

'Ich war es', sagte sie so gleichmütig und gelassen, als hätte sie einen Kuchen gebacken. 'Ich habe Chris Weber umgebracht.'

'Ach ja?', krächzte ich, 'und wie?'

'Das sagte ich doch bereits: Ich habe ihn in das Bild geholt! Verhaften Sie mich, wenn Sie meinen, dass das eine schlechte Tat war. Ich werde gerne mitkommen und ein Geständnis unterschreiben.'

Wir nahmen sie mit aufs Revier, doch gebracht hat uns das gar nichts. Dabei bot sie uns sogar an, ihre Wohnung und ihre verbeulte alte Schrottlaube von Auto zu durchsuchen. Also Motiv gab sie neben den Taten des Verschwundenen Millies Geld an — allerdings habe Millie nie einen Mord in Auftrag gegeben, sondern habe lediglich ihren Mann an einen anderen Ort gewünscht

Dann unterzeichnete Madam das Geständnis - das uns der Staatsanwalt natürlich um die Ohren schlug: Die Frau gehörte — wenn - in eine Klapse, aber nicht vor Gericht. Wir hatten ja nicht einmal einen Beweis dafür, dass Chris überhaupt tot war und nicht irgendwo am Hals einer Flasche oder Nutte nuckelte.

Wir ließen Frau Germ gehen und konzentrierten uns wieder auf die Fakten. Und fanden nichts.

Die oben machten Druck, den Fall zu schließen. Dass wir immer noch Fragen zu Chris stellten, warf kein gutes Licht auf die Behörde. Außerdem: Niemand vermisste ihn! Seine Angestellten führten die Firma einfach ohne ihn weiter und Millie blühte auf.

Ich ging alles nochmal durch, Schritt für Schritt. Dann fand ich es: in der Aufzeichnung meines ersten Gespräches mit der Germ, die ich aus dem Gedächtnis angefertigt hatte. ‚Richard Oberkirchen', hatte sie einen beleibten Mann in dem 'Madhouse of men' genannt.

Ich telefonierte ein wenig herum und fand ihn schließlich: Vor zwei Jahren als vermisst gemeldet, war Oberkirchen nie wieder aufgetaucht. Man ging letztendlich davon aus, dass er angesichts seiner unglücklichen Ehe und den finanziellen Sorgen seiner Firma den klassischen Abgang gemacht hatte.

Nur, dass das Foto, das ich mir faxen ließ, genau den Mann zeigte, der auf dem Bild ein Küchengerät bediente und dem Betrachter dabei eine stumme Qual entgegen schrie.

Ich schwöre, ich hatte Albträume in jener Nacht...

Auf dem Gemälde waren dutzende Männer gewesen – wenn das alles Vermisste waren, dann... Ich hatte ein Geständnis sowie das Tatmotiv. Auch das Wie – sofern man an Hexerei glaubte. Was natürlich niemand tat, der Staatsanwalt vor allem nicht, also hatte ich nichts.

Die Ermittlungen liefen ins Leere und schließlich schlossen wir die Akte. Madam Mystik packte ihre Sachen und zog weg. Sie meinte, sie würde stets nur 'für einen Mann' bleiben, mehr würde ihr 'das Gemälde nicht gestatten'.

Webers Leiche wurde drei Monate später tief im Wald von einem Hund gefunden. Er war den Verletzungen nach an den Folgen einer großen Wuchteinwirkung gestorben - er wurde überfahren. Dem Einschlagswinkel nach, so der Sachverständige, vermutlich nicht einmal mit Absicht. Doch der unglückliche Fahrer hatte wohl Panik bekommen. Vielleicht, weil er an jenem Abend, als ihm Chris vors Auto torkelte, selbst etwas intus hatte?

Den Rest reimten wir uns schnell zusammen: Frau Germ wusste, dass wir trotz der gründlichsten Wäsche Chris' Blut an ihrem Auto finden würden, sollten wir es genauer untersuchen. Also entschloss sie, zum Gegenangriff überzugehen: Sie packte den Toten in ihren Kofferraum und bestellte gleich am nächsten Morgen Millie zu sich. Sie versprach, Chris, der längst tot war, gegen Geld wegzuzaubern. Sie hatte sich an einen Vermissten ihres früheren Wohnortes erinnert und entsprechend zwei Figuren des 'Madhouse' mit den Gesichtszügen dieses Mannes und denen von Chris übermalt. Sie gab ein so wirres Geständnis ab, dass wir erst gar nicht auf die Idee kamen, ihr Auto zu durchsuchen. Danach hatte sie genug Zeit, die Leiche zu verstecken. Das Auto ließ sie nach ihrem Umzug verschrotten. Als wir sie erneut befragten, tat sie ihre damalige Aussage als Scherz ab. Wir standen wie Deppen da – und sie war mit einem Mord davon gekommen."

„Sie meinen, mit einer fahrlässigen Tötung?", fragte Harry im Namen aller nach.

Ex-Kommissar Nieder schüttelte den Kopf.

„Ich bin mir da nicht so sicher." Er nahm seinen Schnaps und kippte ihn mit grimmigem Gesichtsausdruck herunter. „Es klingt alles ganz logisch, doch im Grunde konnten wir nichts davon beweisen. Weder, dass Weber überfahren wurde, noch wann er gestorben ist. Ich bin mir nicht sicher, ob Madam Mystik beim ersten Mal nicht doch die Wahrheit gesagt hat."

„Was wollen Sie damit sagen?"

Der Kommissar schaute den Barmann aus müden, aber klaren Augen an.

„Ich war dort, in ihrer Wohnung, keine 24 Stunden nach Chris' Verschwinden. Selbst die dünnste Schicht Ölfarbe braucht mehrere Tage, um zu trocknen. Wussten Sie das? Ich stand dort, direkt vor dem 'Madhouse of men' und bin mit dem Finger über Chris' Gesicht gefahren. Es war staubtrocken."

Öffne deine Augen

Inga Nowag (Rennerod/Rheinland-Pfalz)

Das Brennen auf seiner Haut war für Clemens sehr unangenehm. Behutsam fuhr er unter dem kalten Wasserstrahl über seine Finger. Mit einer geschickten Bewegung seines Ellenbogens drückte er den Griff des Wasserhahns nach unten. Der Wasserstrahl brach sofort ab. Er schüttelte seine Hände aus, ehe er nach einem Tuch griff, dankbar dafür, die Verdünnung gänzlich von seiner Haut gewaschen zu haben. Die nächste Handbewegung galt seiner Brille, die er sich aufsetzte. Er drehte sich um und ging auf die Staffelei zu. Lange hatte er keine Restaurierungsarbeiten mehr übernommen. Normalerweise genoss er es, seine eigenen Werke zu schaffen. Doch dieses Bild war eine Ausnahme. Im Jahre 1903 erschaffen, war es der Mühe wert, neues Leben eingehaucht zu bekommen.

Das saubere Tuch nahm die alte Firnis des Gemäldes auf und färbte sich dunkel. Clemens befreite damit das Meer auf dem Bild vom Schmutz der Zeit. Seine Stirn glättete sich, seine Wangen begannen zu leuchten. Die kräftigen Farben kamen zum Vorschein und zogen ihn in seinen Bann. Nun befand er sich an diesem Meer. Er schloss kurz seine Augen und konnte den Geruch von Salzwasser und Seetang wahrnehmen. Die Sonne musste dem Künstler in den Nacken gebrannt haben. Klapp, klapp, klapp. Das Geräusch von Hufen auf dem Boden, das Knarren von Holzrädern eines Karrens und leises Gelächter erklangen in seinen Ohren. Er atmete befreit aus. Er schaute auf das Bild und spürte, wie sich die Furchen des Argwohns auf seiner Stirn vertieften.

Da war er wieder: Dieser Fleck wollte einfach nicht verschwinden. Clemens ging noch einen Schritt vor und beugte sich zu dem Gemälde. Der Geruch kitzelte in seiner Nase. Langsam richtete er seine Brille, um den Fleck genauer zu beäugen.

Konnte das wirklich sein? Er kniff die Augen zusammen. Das war kein Fleck. Es waren feine Pinselstriche.

Er eilte zu einem staubigen Regal und griff nach der Lupe. Behände rieb er die Lupe an seinem Hemd ab. Langsam drehte er die Sehhilfe hin und her, um zu begutachten, ob er sie nun so gebrauchen konnte. Zurück an der Staffelei hob er die Lupe. Sofort konnte er die winzigen Details der weißen Schaumkronen und ihre Präzision bewundern. Sein Blick wanderte zu der Stelle, die nun kein Fleck und auch kein einfacher Strich mehr war. Clemens' Atem stockte. Seine linke Hand fuhr zu seinem Mund. Es war eine Frauengestalt, die auf halbem Weg von der Stadtmauer nach unten in Richtung der Felsen stürzte. Clemens' Gesicht fühlte sich taub an. Seine Augen wurden feucht und sein Blick verschwamm.

Bildete er sich das nur ein? Warum hatte der Künstler diese Frau in sein Bild gemalt? Hatte er ihren Tod beobachtet? War sie gesprungen? Wurde sie gestoßen? Er fing an, unruhig auf und ab zu gehen. Abrupt blieb er stehen. Seine Augen wanderten zurück zur Staffelei. Hatte er nicht vorhin etwas auf der Rückseite des Bildes bemerkt? Er riss sich von seinen Gedanken los, hob das Bild von der Staffelei und drehte es um.

Ha, da war es ja! Im rechten unteren Eck stand ein Datum: 23. Februar 1903, Dorina. Er hatte also einen Anhaltspunkt. Etwas sanfter legte er das Bildnis auf der Tischplatte ab und fuhr den alten Computer hoch. Sein Enkel hatte ihm diesen eingerichtet, damit er sich Farben und Utensilien selbst bestellen konnte. Ein Klick und der Browser öffnete sich. Clemens rutschte ein wenig näher an den Tisch heran und zog unter der Tastatur einen Zettel hervor. Sein Enkel hatte ihm Schritt für Schritt beschrieben, wie er sich nun im Internet zurechtfand. Die Suchmaschine öffnete sich. Die Anspannung wich aus Clemens' Schultern. Bis hierhin hatte es geklappt. Aber was genau wollte er wissen?

Mit dem rechten Zeigefinger tippte er das Datum und den Ort ein. Nachdem er 'Enter' gedrückt hatte, erschien auf dem Bildschirm Werbung. „Besuchen Sie unser wunderschönes Dorina an der italienischen Küste!" Clemens runzelte die Stirn. Wie sollte er 1903 in Dorina Urlaub machen? Die Kiste hatte doch einen Knall. Enttäuscht zog er seine

Hand von der Maus und scrollte dabei unabsichtlich weiter nach unten. Ha! Da stand vieles geschrieben, das mehr Sinn ergab. Der Künstler Angelo Rojo, geboren 1879 und verstorben 1940, von dem dieses Kunstwerk stammte, hatte von 1895 bis 1903 in Dorina gelebt. Mit der linken Hand fuhr sich Clemens übers Kinn. Der Teil stimmte also, aber wie sollte er herausfinden, ob dort ein Mensch gestorben war? Sein Enkel kam ihm wieder in den Sinn, der ihm gesagt hatte: Je einfacher man die Frage an die Suchmaschine stellte, umso eher bekam man die passende Antwort. Mit zittrigen Fingern und einer neuen inneren Anspannung löschte Clemens die Eingabe in der Suchmaschine. Ganz langsam tippte er nun „Tote Frau Dorina 23. Februar 1903" ein. Clemens zuckte erschrocken zurück. Es tauchten viele Antworten auf seine Abfrage auf. Die meisten waren auf italienisch. Hätte er doch einmal auf seine Frau gehört und sich zu dem Sprachkurs in der Volkshochschule überreden lassen. Er überflog die Textteile, die auf Deutsch geschrieben waren, die ihm angezeigt wurden. „Unbekannter Frauenkörper auf Klippen bei Dorina gefunden". Clemens' Finger kribbelten, als er auf den Text klickte und sich eine neue Seite öffnete.

Die Überschrift konnte er erneut lesen und der Bericht, den jemand auf der Basis von alten Zeitungsartikeln zusammengestellt hatte, brachte etwas Licht ins Dunkel. In den Abendstunden des 23. Februar 1903 hatte man auf den Klippen vor Dorina eine Frauenleiche gefunden. Niemand hatte gewusst, wer diese Frau war oder wie sie dorthin gekommen war. Kurze Zeit später wurde der Name der Frau bekannt. Es war die Französin Nanon Durand. Eine junge Frau aus der Unterschicht, die nur deshalb bekannt war, weil ihr eine Affäre mit dem Künstler Angelo Rojo nachgesagt wurde. Man ging davon aus, dass die Leiche aus dem Meer angespült wurde.

Das passt doch sehr gut zusammen. Dann hatte er seine Geliebte von der Stadtmauer gestoßen. Aber wieso sollte er so dumm sein und den Mord an seiner Geliebten auf einem Bild festhalten?

Clemens konnte dem Artikel entnehmen, dass Angelo noch im März aus Dorina verschwunden war und nie wieder einen Fuß in diesen Ort gesetzt hatte.

Auch das unterstützte Clemens' Theorie. Er genoss es, wenn er Recht hatte. Er tippte noch einmal auf den Pfeil oben links in der Ecke und wollte dann auf das X in der rechten Ecke klicken. Der Bildschirm begann zu flackern. Klatsch! Clemens schlug mit der flachen Hand gegen die alte eckige Kiste und das Flackern war wieder verschwunden. Bei dem Schlag war die Maus nach unten gerutscht und die Linksammlung nach unten gescrollt. Mit Mühe konnte Clemens den weißen Pfeil auf dem Untergrund ausmachen. Dabei fielen ihm die Worte im Hintergrund ins Auge. Er atmete tief ein und öffnete den Link.

„Künstler ist Frauendieb", so lautete die Überschrift. Es war eine Zusammenfassung der damaligen Ereignisse, die vor wenigen Jahren entstanden war.

Kaum einer weiß, dass die junge Nanon Durand, Geliebte und Muse des Künstlers Angelo Rojo, mit einem anderen Mann verlobt war. Nanons Anblick ist den Kunstliebhabern kein unbekannter, da Angelo Rojo einige Portraits seiner Geliebten malte. Weniger bekannt ist, dass Nanon mit Phillip Laurent, einem Schustergeselle aus ihrem Heimatort, verlobt war. Rojo nutzte seinen Charme, um die junge Frau zu bezaubern, und versprach ihr ein besseres Leben, wenn sie mit ihm fortgehen würde. Vom Herbst 1902 bis zu Nanons Todestag lebte das Liebespaar zurückgezogen in dem verschlafenen, aber idyllischen Fischerdorf Dorina.

Clemens sprang mit einem schnell schlagenden Herzen auf. Schweißperlen bildeten sich auf seiner Stirn. Hastig nahm er das Bild vom Tisch und drehte es um. Sein Blick schnellte zu der Stelle der Stadtmauer, die genau über der Frauengestalt war. Mit der Lupe konnte er einen aus dem Schatten ragenden Arm erkennen. Er war senkrecht nach oben gerichtet. Sein Atem stockte.

Sie war gestoßen worden! Schwer atmend eilte Clemens zurück zu seinem Computer, um den Artikel weiter zu lesen.

Den Aufzeichnungen zufolge lebte ein Mann namens Phillip Laurent zu diesem Zeitpunkt in Dorina. Genannt wurde sein Name in dem Heiratsverzeichnis der Kirche. Im Mai 1903 hatte er die Tochter des Pfarrers geehelicht. Laut der Historie von Dorina war „Phillip ein Mann von bärigem Format mit einer hitzköpfigen Art, bis er sich den schaukelnden Wellen des Meeres geschlagen geben musste, in die er sich stets erbrach."

Schweiß rann Clemens von seinem Nacken langsam den Rücken hinab bis in sein Hemd. Er konnte seinen Herzschlag in den Ohren hören. Langsam hob er das Bild und schaute sich den Arm mit der Lupe genauer an. Dieser war nicht grazil, wie die feinen Striche der Frauengestalt. Er hatte Erhebungen, wie die eines muskulösen Armes. Nach der Meinung des Künstlers hatte Phillip Nanon von der Stadtmauer gestoßen.

Aus dem Tagebuch einer Cellistin

Uwe Patzwahl (Berlin)

6. Mai
Er hat es schon wieder getan, ich bin mir sicher, und ich könnte wetten, die Neue an der Querflöte ist dran. Genau sein Beuteschema und wieder dieselbe Art. Wenn ich die Noten von Mozarts Konzert für Klarinette und Orchester, KV 622, auf unserem Flügel liegen sehe, weiß ich, was gestern geschehen ist, während ich stundenlang Strawinsky und Bruckner gespielt habe. Ich muss nicht erst an seinem Bett schnuppern, um das fremde Parfüm wahrzunehmen. Ist ja auch nicht so schwer, weil ich ja vor ein paar Jahren das Gleiche erlebt habe. Nach einem netten Abend mit einem schönen Essen und einigen Gläsern Wein kamen wir in seine Wohnung. In seinem Musikzimmer auf dem Flügel lagen die Klarinette und die Noten, ich bin mir heute sicher, dass nichts davon Zufall war. Er sah mir in die Augen, nahm dann scheinbar verträumt die Klarinette in die Hand und fragte:
„Soll ich ein paar Takte spielen"?
Als ich daraufhin nickte, war ich verloren. Diese einschmeichelnde Musik, die sofort die Bilder aus dem fantastischen Film „Jenseits von Afrika" in meinem Gehirn produzierte, die mich eine Gänsehaut auf dem Rücken fühlen ließ. Weite Täler, die Sonne am Horizont, die den langen Schatten der typischen Bäume auf das trockene Gras warf. Weit weg, vor dem Horizont ein paar Wolken, die durch die untergehende Sonne hellrot eingefärbt wurden, und eine kleine Elefantenherde, die friedlich in den Abend trottete. All das war in meinem Kopf präsent. Nach weniger als einer Minute setzte er die Klarinette ab und falls vorher noch etwas wie Widerstand oder Bedenken in mir gewesen waren, jetzt war ich für alles bereit, für ihn und er wusste das.
Und natürlich hatte er das junge Ding an der Querflöte genauso rumgekriegt. Warum auch etwas ändern, es funktioniert ja offensichtlich. Wie ich ihn hasse und wie ich mich selbst verachte, weil ich auf einen solchen Gigolo reingefal-

len bin. Bin ich etwa genauso dumm, wie diese scheinbar nicht enden wollende Reihe junger Musikerinnen, die er in sein Bett lockt? Meine Liebe zu ihm ist schon lange gestorben. Somit, sage ich mir immer, musste ich ja auch nicht eifersüchtig sein. Sie nehmen mir ja nichts, diese jungen Frauen, wenn da nicht diese tiefe Demütigung wäre. Was sie mir nehmen, sind meine Ehre und mein Selbstbewusstsein. Das erkennbare Mitleid anderer Orchestermitglieder, bei denen sich sein Verhalten natürlich schon lange herumgesprochen hat, ist nur eines, was mir Stück für Stück meine Selbstachtung raubt. Dazu noch das Gefühl, als Frau nicht mehr begehrenswert zu sein, austauschbar gegen diese jungen Mädchen, gegen kurze Affären. Das ist eine sich ständig wiederholende Erniedrigung, auf die ich irgendwie reagieren muss, wenn ich mich selbst noch ernst nehmen, mich mit Selbstbewusstsein im Spiegel anschauen will. Eine Scheidung, die das Scheitern unserer Beziehung für alle Welt sichtbar dokumentieren würde, kommt für mich nicht in Frage. Ich brauche eine bessere Lösung.

7. Mai
Der Plan ist großartig. Ich werde ihn vergiften, und ich weiß auch schon wie und wann. Natürlich darf kein Verdacht auf mich fallen, die Sache muss akribisch geplant werden, aber mit einer gewissen Grundintelligenz muss das möglich sein, denn die Polizei ist im wirklichen Leben völlig anders, nicht so, wie uns der sonntägliche ‚Tatort‘ glauben machen will. Dort arbeiten Beamten mit einer geregelten Arbeitszeit, mit Aussicht auf Pensionen, mit vielen Vorschriften und Formularen. Die machen solide, gute Arbeit, völlig unbestritten, aber der Kommissar, der wieder und wieder alle Möglichkeiten durchdenkt, der bis zur Selbstaufgabe Tag und Nacht an einem Fall arbeitet, gehört wohl doch eher ins Fernsehen. Es darf nur von Anfang an kein Verdacht aufkommen, das ist wichtig. Ich werde mir Gift besorgen, schnell und gründlich wirkendes Gift, und das kommt auf das kleine Holzblättchen am Mundstück der Klarinette, das sollte reichen. Vor jedem Spielen leckt ein Klarinettist dieses kleine Holzblatt gründlich ab, weicht es sozusagen mit der feuchten Zunge ein, das

ist die Gelegenheit. Die Ironie, das Instrument, das er für seine ständigen Ehebrüchen nutzt, zu seinem Verderben werden zu lassen, ist, so muss ich zugeben, für mich eine gewisse zusätzliche Genugtuung. War es damals Mozarts Musik, so lässt mich jetzt die Vorstellung seines bevorstehenden Todes eine Gänsehaut auf dem Rücken verspüren. Aber bis dahin gibt es noch einiges zu organisieren.

12. Mai

Die Beschaffung des Giftes ist nicht einfach und sehr teuer, aber das ist es mir wert. Das Internet ist dabei ausgesprochen hilfreich, wenn es darum geht, solche Dinge anonym zu besorgen, und das ist natürlich wichtig. Am Ende des Monats nehme ich mir ein Wochenende frei und fahre zu meiner Mutter. Dann muss es passieren. Er wird an dem Tag wie immer mindestens eine Stunde üben, ein absolutes Muss für einen Musiker in einem A-Orchester dieser Qualität. Ich werde mein Cello mitnehmen, weil auch ich auf die tägliche Übung nicht verzichten kann. Es muss alles so normal wie möglich sein. Am Abend vor meiner Abreise werde ich das Holzblättchen in dem Gift einweichen, den Rest kann er dann am nächsten Tag selbst erledigen. Ich muss bei meiner Rückkehr nur noch das Mundstück der Klarinette tauschen, das Blatt vernichten und als trauernde Witwe die 110 wählen. Das kleine Fläschchen mit dem Gift wird neben ihm auf dem Flügel stehen und natürlich seine Fingerabdrücke tragen. Soviel weiß eine aufmerksame Krimileserin. Außerdem wird ein getränktes Holzblatt neben dem Toten liegen, so dass jeder den Zusammenhang erkennen und vor allem den stilvollen Abgang des Starmusikers betrauern kann.

16. Mai

Gestern bei der Orchesterprobe ist mir eine Idee gekommen, auf die ich besonders stolz bin und die die Sache perfektionieren könnte: ein Abschiedsbrief. Ich werde einen Moment abwarten, in dem er sehr in Eile ist. Bei ihm kein Problem, denn er kommt bei Proben oder Auftritten immer recht spät. Oft schon habe ich ihn daran erinnern müssen, dass er das Haus verlassen muss, wenn er pünktlich in der

Philharmonie sein will. Bei einer solchen Gelegenheit werde ich ihm ein leeres Blatt zur Unterschrift vorlegen, mit der Begründung, die Bank bräuchte eine neue Unterschrift von ihm, um seine Vollmacht für mein Konto zu verlängern. Dieses Argument wird wirken, denn er leiht sich auf diesem Weg gern mal etwas von mir aus und vergisst regelmäßig die Rückgabe.

Auf das leere Papier mit seiner Unterschrift werde ich mit seinem PC einen Text schreiben, der seine verzweifelte Lage nachvollziehbar begründen wird. Der Text ist noch nicht fertig, nur die letzten Zeilen liegen schon fest:

..und daher kann ich die Komödie nicht weiter spielen. Nur du allein, mein Schatz, weißt, wie sehr ich gelitten habe, Tag für Tag, wie ich vor jedem Konzert Tabletten nehmen musste, um zu funktionieren, wie ich erfolglos versucht habe, mein Selbstbewusstsein durch andere Frauen zu stärken, und wie ich durch Alkohol meine Depressionen dämpfen wollte. Und das Schlimmste: Kein anderer durfte etwas ahnen. Wenn ich das Versteckspiel nun beende, ist das für dich sicher belastend, aber ich sehe keinen Ausweg. Verzeih mir.
In Liebe

Eine solche Begründung ist glaubwürdig, und falls die Polizei Fragen im Orchester stellt, wird sie dies schnell bestätigt finden, denn es gibt mehr Künstler, als man denkt, die sich immer wieder auf die Bühne zwingen müssen, oft mit Alkohol und Medikamenten. Im Orchester sind es besonders solche, die häufig einige Takte allein spielen müssen. Da darf kein Patzer passieren. Der erste Geiger unseres Orchesters ist zwar ein vom Publikum bewunderter Musiker, niemand aber weiß, unter welchem Stress er steht, wenn er oft minutenlang allein oder nur mit minimaler Orchesterunterstützung spielt. Jeder noch so kleine Fehler kann den Beginn eines Karriereendes bedeuten. Hörner, Oboen und auch Klarinetten gehören ebenfalls zu dieser gefährdeten Gruppe.

24. Mai
Morgen ist es soweit. Ich fahre zu meiner Mutter, und am Sonntag bin ich zurück. Eigentlich glaube ich nicht an ein

Dasein nach dem Tode, wenn es aber eine Hölle gibt, wird er dort sicher erwartet. Dieser Gedanke gibt mir Kraft und innere Stärke.

26. Mai

Eine gewisse Spannung fühlte ich merkwürdigerweise doch, als ich vorhin die Haustür aufschloss, die Jacke ablegte und mein Cello in die Ecke stellte. Es herrschte absolute Ruhe im Haus. Im Musikzimmer blickte ich auf den Fußboden, und irgendetwas in mir erwartete tatsächlich, ihn da liegen zu sehen. Aber das war natürlich Unsinn, denn dazu hätte ich meine Tat auch umsetzen müssen und sie nicht, wie schon so oft, nur planen. Ein Psychologe hätte sicher einige sehr kritische Anmerkungen zu meinem Verhalten, aber es bringt mir eben eine ungeheure Befriedigung, sein Sterben zu planen. Es ist meine Art, mich zu wehren, diese ständigen Demütigungen zu verarbeiten. Und vielleicht, sage ich mir immer, vielleicht tue ich es irgendwann ja doch.

Die schlafende Schöne

Ingrid Reidel (Weinheim/Baden-Württemberg)

Es war ein eiskalter, sonniger Nachmittag, als Paul von Wiesenbach mit Picasso seinen obligatorischen Verdauungsspaziergang unternahm. Plötzlich schlug der Hund an. Paul bückte sich hinunter und tätschelte ihm den Kopf. „Was ist denn, Picasso?" Aber der Dackel ließ sich nicht beruhigen. Im Gegenteil, er zerrte ihn quer über den Weg zu einem Platz.

Der Platz wirkte im ersten Moment etwas verwildert und ähnelte einer bunten Müllhalde, aber dann erkannte Paul, dass es sich um Skulpturen handelte.

Sein Herz schlug höher. Er folgte Picasso, der mittlerweile an einer der Skulpturen aufgeregt schnupperte. Eine Sandsteinstatue. Eine Sphinx, eine Göttin, eine wunderbare Madonna. Aber das Besondere war die plastisch heraus-ragende Hand, die aussah, als ob sie die Brust der Figur streichelte. Und alles war von einer dünnen Eisschicht bedeckt. Was hatte sich der Künstler nur dabei gedacht?

Großartig, einfach großartig.

Paul holte sein Handy aus der Hosentasche und schoss ein Foto.

Fünf Tage zuvor:

Meine Güte, warum musste ihn seine Frau aber auch immer so bis aufs Blut reizen? Es hätte so ein schöner Sonntagsausflug werden können. Der Januar war im Gegensatz zu sonst für den rauen Odenwald ungewöhnlich mild. Man hätte den Tag fast mit einem heiteren Frühlings-anfang verwechseln können.

Wäre da nicht seine Frau gewesen. Immer und immer wieder hatte sie auf ihn eingequasselt – wegen Kinkerlitzchen. „Theo", hatte sie zu ihm gesagt, „denke an die Socken auf dem Sofa." Warum konnte sie nicht einfach einmal still sein und die schöne sonnige Natur genießen?

Aber nun, wer hatte ihm diesen Prügel in die Hand gedrückt? Ein dicker Ast, der voller Blutspuren war. Und dieses verrenkte Etwas, das jetzt vor seinen Füßen lag, war zweifelsohne Mareike. Großer Gott, war er vielleicht ihr Mörder? Aber nein, er war kein Mörder. Das war eindeutig Notwehr! Notwehr gegen eine ewig plappernde Frau. Er hatte es nicht gewollt. Aber würde das die Polizei genauso sehen? Ganz bestimmt nicht! Und aus diesem Grund durfte er sie nicht rufen. Es musste ihm etwas anderes einfallen. Vergraben! Ja, er musste Mareike vergraben. Nur wo? Ihm kam der Garten zu Hause in den Sinn. Aber das war natürlich zu verräterisch, denn er würde Spuren hinterlassen, zum Beispiel im Auto. Außerdem hatten die Nachbarn immer ein wachsames Auge. Also sollte er sich etwas anderes überlegen. Dann kam ihm eine großartige Idee: Er würde sie hier verscharren. Ja, das war doch ein prima Einfall. Und zwar gleich hier gegenüber auf dem Kunstplatz. Unter einem der lockeren Sandsteinhaufen, die sich Skulpturen oder so schimpften.

Nur gut, dass er immer einen Klappspaten im Wagen hatte. Jetzt musste er nur noch auf die Dunkelheit warten und auf sein Glück hoffen, die Leiche komplett unter der Skulptur verstecken zu können.

In der Nacht änderte sich das Wetter. Es kam Sturm auf und fegte alles hinweg, was nicht niet- und nagelfest war. Er entwurzelte Bäume, verrückte Steine, weichte die Erde auf und gab so manch Verborgenes frei. Darauf folgte bitterer Frost.

Paul lag mit Picasso auf dem Bett seiner Ferienpension in Michelstadt und trank aufgeregt ein Glas Whisky nach dem anderen. Er griff zum Telefon und wartete ungeduldig, bis endlich abgenommen wurde.

„Hör zu, Lechtenbrink", rief er in den Hörer. „Du wirst es nicht glauben, aber ich habe das gefunden, wonach die Kunstwelt lechzt! Im Odenwald! Stell dir vor, mitten in der Pampa, wo sich Fuchs und Hase „Gute Nacht" sagen. Laut der Inschrift die „Schlafende Schöne". Das ist doch unglaublich, nicht wahr? Der Torso wie hingeworfen. Klare Linien, symmetrische Proportionen mit experimentell nach linksgedrehter Rechtsbewegung. Aber das Beste ist die

Hand. Die Zeichnung der feinen Äderchen unter der wachs-
farbenen Haut. Einfach genial! Die Formung der Finger, wie
echt. Picasso hat sie entdeckt. Er ist doch der bessere Kunstkenner. Hör mal, Lechtenbrink, wir müssen den Meister unbedingt ausfindig machen und ganz groß rausbringen! Hast
du noch die Kontakte zu Paris, London, New York?"

Ein paar Tage später bekam das Kulturamt in Erbach einen
außergewöhnlichen Anruf. Die Mitarbeiterin im Büro nahm
das Telefon ab und hörte eine aufgeregt klingende Stimme:
„Hello. My name is Jim Smith. I am Culturdirector from the
Brant Foundation. Entschuldigen Sie mein bad German.
Warum haben wir noch nie etwas gehört von diesem brillan-
ten Artist?"
Die Mitarbeiterin bekam einen Schreck. War der Künstler-
stammtisch schon bis nach Übersee bekannt? Das wäre fan-
tastisch!
„Picasso", riss sie die Stimme aus den Gedanken.
„Picasso?"
„Ja, Dog. Pauls Hund."
„Hund?"
„Ja, hi found them. Eine Beauty mit wunderschöne aufre-
gende … wie sagt man auf Deutsch … äh … Körperteil."
Beauty, aufregendes Körperteil? Die Kulturbeauftragte er-
schrak erneut. Hoffentlich hatte Manfred nicht wieder etwas
Nichtjugendfreies produziert. „Nun, Manfred Seifert …"
„Manfred Seifert, Is that him? We need his Adress …"

Manfred saß über dem Bildschirm seines Computers und
betrachtete seine neu angekommenen E-Mails. Eine fiel ihm
besonders auf. Er öffnete sie.
Dear, Mr Seifert, hieß es da. It's about your Sculpture. Now
we have big plans for you …
Manfred las die Mail noch einmal und noch einmal. Dann
lehnte er sich in seinem Sessel zurück. Das war ja zauberhaft.
Jahrelang hatte er versucht, in der großen weiten Kunstwelt
Fuß zu fassen. Und nun sollte es endlich Wahrheit werden.
Kurz darauf schrieb er die Antwort.

Der nächste Anruf beim Landratsamt erfolgte bereits am nächsten Tag. Es war wieder Jim Smith. „... Listen Madam, we want to rent your Castle. Catering, Champagner ...“

Inzwischen hatte sich Theo in sein Ferienhaus am Edersee zurückgezogen. Immer wieder grübelte er. Natürlich käme er als Ehemann sofort als Mörder in Frage. Doch es war alles gut. Sonst wäre schon längst die Polizei vorbeigekommen. Aber ein bisschen „Gequassel“ von Mareike fehlte ihm dennoch. Deswegen kaufte er sich ein Fernsehgerät und verfolgte damit täglich die Hessenschau.
Die Veranstaltung im Erbacher Schloss war in vollem Gange. Nicht nur zahlreiches Publikum aus dem In- und Ausland war erschienen, sondern auch ein Großaufgebot ortsansässiger Honoratioren. Der Bürgermeister, ein Gros an Presse, sämtliche Kulturbeauftragten im Umfeld und die Spitze von Feuerwehr und Polizei. Und Theo. Er saß wie immer zu Hause und schaute die Hessenschau, die live aus Erbach sendete.

Unterdessen standen Manfred, Paul und Jim an einem der Stehtische in dem aufwendig hergerichteten Saal und tranken Champagner.
„Wir werden deine Skulptur an die Wand werfen“, sagte Paul und lächelte. „Schau da oben.“ Er deutete auf eine Bühne, die mit einer riesigen Leinwand ausgestattet war. „Dein Kunstwerk ist ja ein bisschen zu schwer, um es hierher zu bringen.“
Manfred nickte. Er war in einen weißen Anzug mit Schlangenmuster gekleidet, dazu trug er eine knallgelbe Krawatte. Im Gedanken ging er immer wieder seine Rede durch. Leider hatte er keine Zeit mehr gehabt, sich seine Skulptur auf dem Kunstplatz noch einmal anzuschauen. Zu sehr war er mit den Vorbereitungen beschäftigt, sich das schicke Outfit zusammenzustellen und zu überlegen, was er mit dem Ruhm alles anstellen könnte. Aber es genügte, die Augen zu schließen, um sich seine Schlafende Schöne vorzustellen. Wie er sie erschaffen hatte. Und wie viel Mühe es ihn gekostet hatte, bis sie endlich seinen Ansprüchen genügte.

Paul griff nach seinem Arm. „Nun komm, Manfred. Du bist an der Reihe. Gleich wird die Menschheit deine geniale Schöpfung sehen."

Er folgte Paul die Bühne hinauf. Dort hantierte Jim an einem Beamer herum und Manfred schritt zielstrebig zum Rednerpult neben der Leinwand. Er blickte ins Publikum. Meine Güte, das war ja großartig. Der ganze Saal war bis zum letzten Platz besetzt. Gleich würde er seine Ansprache halten, aber vorher bemerkte er Jim, der in ein Mikrofon sprach. „An impressive Work", hörte er seine Stimme aus dem Lautsprecher. „And now ..."

Augenblicklich ging ein gleißend helles Licht an. Es kam von vorne vom Beamer.

Im gleichen Moment klebte am Edersee ein Mann an der Scheibe seines Fernsehgerätes. Er konnte nicht glauben, was er da gerade sah. Das war doch Mareikes Hand, die unter der Skulptur hervorblitzte? Und auch noch auf dieser verdammt gigantischen Leinwand! Gütiger Himmel. Ihm wurde schlecht. Sein Herz fing an zu pochen.

Im Saal waren jetzt alle Augen auf den Künstler gerichtet. „Especially the Hand ...", hieß es weiter aus dem Lautsprecher.

Hand? Manfred schnellte herum und betrachtete das Bild.

Inzwischen hämmerte das Herz am Edersee wie wild.

Manfred öffnete den Mund: „Aber die ist nicht von mir!", raunte er. Die Menge schaute ihn verdutzt an.

Der Mann am Edersee rang nach Luft. Sein Herz schien ihm fast aus der Brust springen zu wollen. Außerdem fingen seine Hände an, fürchterlich zu zittern. Er musste jetzt unbedingt seine Reisetasche finden, vielleicht war es noch nicht zu spät. Zwei Minuten später zog er die Tür hinter sich zu und verschwand Hals über Kopf im Schutze der Nacht...

Grautöne

Stephan Reinbacher (Eltville/Hessen)

Die feuchte Straße glänzte satt schwarz wie dickflüssige Öl-farbe. „Mach das lieber nicht", hatte Marvin gesagt. Danach hatten sie sich gezankt. Mal wieder. Simone verzog das Gesicht. Er traute ihr einfach nichts zu. Sie rückte auf dem Fahrersitz nach vorn und trat aufs Gas. *Und ich mache es doch.*
„Biegen Sie links ab", schnarrte das Navi kurz hinter Siedelsbrunn. Mit jedem Meter wurde der Waldweg holpriger und dunkler. Sollte Marvin doch recht gehabt haben? War die Idee zu gefährlich?
Sie hatte auf einen Aufruf am Schwarzen Brett der Städelschule reagiert: Suche Künstlerin für gut bezahlten Porträtauftrag.
Jetzt tauchte am Straßenrand ein altes Forsthaus auf. Durch die Fenster schien warmes Licht. Professor Froschner öffnete mit einem breiten Lächeln. „Freut mich wirklich sehr", sagte er.
„Mich auch." Sie merkte, dass ihre Stimme unsicher klang.
„Kommen Sie, ich zeige Ihnen Ihr Zimmer und dann essen wir etwas. Oder möchten Sie erst das Atelier sehen?"
Der Professor sah sie aus zwei blitzenden, graublauen Augen an. Seine Stimme klang warm und voll. Nichts an ihm wirkte beängstigend.
Am nächsten Morgen stand Simone vor einer nagelneuen Leinwand in Froschners Atelier. Er hatte ihr Ölfarben in 20 Grautönen zur Verfügung gestellt. Auf einer zweiten Staffelei befand sich ein großformatiges Schwarzweißfoto. Es zeigte eine junge Frau mit ernstem Gesicht und langen dunklen Haaren.
„Das ist die Vorlage", erklärte der Professor. „Aber Sie sollen sie nicht einfach abmalen, sondern interpretieren. Setzen Sie meine ganz besonderen Grautöne ein. Ich will, dass die Frau auf Ihrem Bild zum Leben erweckt wird. - In welchem Semester sind Sie eigentlich?"
„Im vierten." Simone drückte etwas Farbe auf die Palette. Die Konsistenz war rau, beinahe körnig. Sie legte einen gro-

ben Umriss der Person an. Danach füllte sie ihn mit dunkleren Tönen aus. Ihr Auftraggeber ließ sie allein, kam aber nach einer knappen Stunde wieder in den Raum. „Ich möchte nicht stören. Oh ja – schon sehr schön." Er nickte Simones angefangenem Bild zu. Dann zog er eine kleine Kamera aus der Tasche. „Entschuldigung – aber darf ich vielleicht ein Foto von Ihnen machen?"

„Wozu das?"

„Nur wenn Sie erlauben, natürlich. Aber ..." Der Professor zögerte kurz. Dann lächelte er. „Ein alter Knacker wie ich hat eben selten so hübsche Damen im Haus. Oh – das hätte ich jetzt nicht sagen sollen, oder?"

Simone merkte, dass sie ein bisschen rot wurde.

„Na dann, machen Sie halt Ihr Bild", sagte sie. Der Professor hob die Kamera. „Ja, super. Schauen Sie einfach konzentriert auf die Leinwand. Ganz lieben Dank." Er wandte sich Simones Arbeit zu. „Ja, ja wirklich. Sie hauchen ihr Leben ein. Echtes Leben. Was natürlich auch an den Farben liegt. Kennen Sie Jean-Baptiste Grenouille?"

„Nein."

„Von dem muss ich Ihnen später noch erzählen. Aber es wird kühl. Ich sollte mich um den Ofen kümmern."

Froschner rieb die Hände aneinander und verließ das Atelier. Simone setzte sich auf den dreibeinigen Hocker vor der Leinwand.

Nachdem der Professor den Ofen kräftig angefeuert hatte, verbreitete sich eine angenehme Wärme im Atelier. Nur der Geruch war unangenehm. Simone verzog das Gesicht. Vielleicht waren Zentralheizungen doch keine so schlechte Erfindung. Sie beschloss, sich erst einmal auf ihr Porträt zu konzentrieren. Nicht abmalen – interpretieren. Das kam ihr sehr gelegen. Realistische Zeichnungen waren nicht ihre Stärke. Sie verdünnte die grauen Ölfarben mit Malmittel und trug mehrere Lasuren auf, bis sie ein überdimensionales Auge in zarten Schattierungen auf die Leinwand gebracht hatte. Sie war so in ihre Arbeit versunken, dass sie zusammenzuckte, als Froschner plötzlich wieder hinter ihr stand.

„Dieses Hellgrau, das Sie gerade benutzen, das ist faszinierend, oder?"

Simone neigte den Kopf. „Also für mich ist es etwas zu unregelmäßig im Ton."

„Na, na, na – Sie wollen meine Eigenkreation doch nicht kritisieren?". Der Professor hob eine Augenbraue.

„Sie stellen diese Farben selbst her?"

„Aber sicher. Und schauen Sie das Ergebnis an: Sprüht dieser Blick nicht vor Leben? Aber machen Sie weiter. Ich werde sehen, ob ich Ihnen ein gleichmäßiger gemischtes Hellgrau herstellen kann." Mit schnellen Schritten verschwand er.

Simone spürte einen Kloß im Hals. Gerade wurde auch der Gestank des Ofens besonders unangenehm. Was ging hier vor? Wohin war der Professor verschwunden? Warum machte er so ein Geheimnis um seine Grautöne? Leise verließ sie das Atelier, schlich durch das alte Haus und entdeckte eine offenstehende Kellertür. Mit klopfendem Herzen stieg sie die Treppe hinab. Worauf ließ sie sich ein? Ihre Neugier war größer als ihre Furcht. Auf halber Treppe sah sie Froschner bereits. Er stand mit dem Rücken zu ihr an einem Werktisch und rührte Farbe an. Doch etwas anderes ließ Simones Atem stocken: An den Kellerwänden hingen sechs große Fotos junger Frauen. Alle in schwarz-weiß, alle so ähnlich aufgenommen wie das Bild, nach dem sie das Porträt herstellen sollte. Und vor jedem Bild stand eine Urne.

Der Professor ging mit einem Messlöffel auf eine der Urnen zu, holte etwas Asche heraus, und mischte sie in die Farbe. Simone machte auf dem Absatz kehrt. Doch in diesem Moment drehte Froschner sich zu ihr um. Das Blitzen seiner blauen Augen war zu einem bedrohlichen Flackern geworden. Er zog eine kleine Fernbedienung aus der Tasche. Mit einem Klicken rastete das Schloss der Kellertür ein.

„Sie sind eigentlich noch nicht dran." Plötzlich stand der Professor direkt vor ihr. „Aber ich nehme mal an, Sie wollen nicht mehr für mich malen. Richtig?"

„Was machen Sie da? Was ist in Ihren Farben drin?", fragte Simone, obwohl sie es eigentlich längst wusste.

„Ich sprach schon von Jean-Baptiste Grenouille."

„Der Name sagt mir nichts."

„Aber Sie haben doch bestimmt ,Das Parfum' gelesen – oder wenigstens den Film gesehen."

„Ja, aber ..."

„Ich bin ..." Er machte eine bedeutungsvolle Pause. „Ich bin der Grenouille der Grautöne. Wie der große Parfümeur seine Düfte, so erschaffe ich meine Farben. Sehen Sie: Das hier ist Mareike, licht und hell, leicht gesprenkelt. Und da drüben: Fatma – tiefgrau, intensiv. Jede von ihnen hat ihren eigenen Ton."

„Ich will raus hier." Simone schrie aus Leibeskräften. Doch der Professor umfasste sie mit einem kräftigen Griff.

„Hören Sie auf", stieß sie aus der Umklammerung hervor. Der Professor war viel stärker, als sie erwartet hatte. Simone hatte Selbstverteidigung trainiert, doch sie kam nicht dazu, auch nur einen einzigen Griff anzuwenden. Sie steckte fest wie im Schraubstock. Plötzlich ließ Froschner sie los. Sie sah auf und bemerkte eine Pistole in seiner Hand, mit der er direkt auf ihre Brust zielte. „Wenn du dich auch nur ein bisschen bewegst, ist sofort Schluss", zischte er.

Schweiß lief ihr über das Gesicht. Trotzdem bemühte sie sich um einen festen Blick. Sie holte tief Luft. Dann sagte sie: „Ihr Spiel ist aus. Ich bin Polizistin. Die Kunst-Studentin war nur Tarnung, um Sie zu überführen. Das Haus ist umstellt. Gleich kommen meine Kollegen." Für einen Moment wirkte der Professor verblüfft. Kurz darauf begann er zu lachen. „Das ist mal das Originellste, was euch Mädchen bislang eingefallen ist. „Zwei haben erzählt, ihr Freund käme gleich. Aber die Polizei. Wow, alle Achtung, tolle Nummer. Du weißt natürlich selbst, dass das nicht stimmt, oder?" Froschner grinste gehässig.

Simone spürte, wie kalter Schweiß ihren Rücken hinunter lief. Sie versuchte unauffällig, zur Tür zu schauen. Wenn sie eine Chance hätte, dort hinzugelangen, ohne dass der Professor schoss – würde sie sich öffnen lassen? Er schien ihre Gedanken lesen zu können. Mit einem süffisanten Grinsen schwenkte er die Pistole ein Stück in Richtung Ausgang. „Die ist zu."

„Was haben Sie denn davon, wenn Sie mich töten? Sie sind doch ein vernünftiger Mann. Warum morden Sie? All diese

Frauen, die haben Sie auch getötet, richtig? Das sind Kunststudentinnen, die seit Jahren vermisst werden."

Ein wirres Flackern tauchte in Froschners Augen auf. Simone fragte sich, ob sie besser geschwiegen hätte. Offenbar hatte sie seine Mordlust nur getriggert. Sie sah, wie sein Blick sich verengte, die Lider zuckten. Er streckte den Arm mit der Waffe aus. Dann kam der Knall. Laut wie Kanonendonner, begleitet von einem gleißenden Licht. Simones Kopf schlug auf dem Boden auf. War das das Ende?

Sekunden später sah sie schwere Stiefel um sich herum, hörte schnelle kurze Befehle. Das Gesicht von Marvin tauchte auf. Polizeioberkommissar Marvin Grundmann. „Alles okay?", fragte er. „Ich hab gleich gesagt, das ist viel zu gefährlich. Das war echt knapp."

„Aber wir haben die Beweise, oder? Und der Professor ... ist er tot?"

„Nein. Wir haben seinen Arm getroffen. Jetzt jammert er rum, der Welt sei ein ‚Grenouille der Grautöne' verloren gegangen – was immer er damit meint."

„Erklär ich dir später." Simone legte ihren Kopf auf die Schulter ihres Kollegen. „Und – danke."

Vier Tage bis ins Paradies

Dorothee Schnarr (Lützelbach i. Odw./Hessen)

Der Schnitzer Simon saß in seiner Werkstatt in Erbach hinter dem Schloss. Schnitzen war sein Leben. Seine besondere Leidenschaft waren kleine, lebensechte Menschen und Pferde. Wenn er eine zerbrochene Figur erhielt, legte er all sein Können in die Reparatur des Kunstwerkes. Aber reich wurde er damit nicht. Immer fehlte ihm Geld für seine große Familie. So war er erfreut, als abends ein gut gekleideter Herr in seine Werkstatt trat. Der Kunde sah sich um, nahm nach langem Überlegen einen Reiter mit langer Lanze, detailreich geschnitzt, mit edlem und freundlichem Gesicht, Sattel- und Zaumzeug völlig naturgetreu bis in die Nieten und Schnallen, das Pferd in anmutiger Haltung ein Bein erhoben. Er fragte: „Wieviel will er dafür haben?" Simon voller Vorfreude über den Verkauf: „Es wäre mir eine Ehre, Euch diesen Reiter für fünf Taler zu verkaufen." Der Herr sah ihn scharf an und meinte: „50 Taler bekommt er, wenn er in das Pferdchen ein Geheimnis einbaut." Simon dachte an seine Familie, fragte, was der Herr meine. Der musterte ihn durchdringend: „Was ich ihm jetzt erkläre, das bleibt unter uns. Wenn er je darüber redet, dann wird er und seine Familie keine gute Stunde mehr haben. Hat er verstanden?" Simon nickte eingeschüchtert. Der Unbekannte gab ihm drei winzig kleine rötliche Glasampullen. „Die bau er in die Figur ein. Drückt man den Sattelknauf und schiebt dabei die Lanze in der Hand des Reiters nach unten, soll im Inneren eine Ampulle brechen, die Flüssigkeit steigt in die Lanze und ein Tröpfchen tritt oben aus. Die Lanze muss messerscharf und der Mechanismus dreimal benutzbar sein. Kann er das?" Zitternden Herzens nahm Simon den Auftrag an. Was da aus der Lanze oben heraus kam, danach wagte er nicht zu fragen. „Kein Mensch mit noch so scharfen Augen darf erkennen können, dass hier etwas verborgen ist! Schafft er das in drei Monaten? Gut, dann komme ich vor Weihnachten wieder vorbei. Als Anzahlung hier 10 Taler." Sprach es und ging.

Pünktlich holte der Fremde den veränderten Reiter ab. Er brachte ihn seinem Herrn, Reiz Hartmann von Lützelbach, der ihn ungeduldig in sein Kabinett führte. Das lebensechte Kunstwerk entzückte Hartmann, er rügte nur: „Der Reiter hat ein erbostes Gesicht." Der Diener wunderte sich über das zornige Gesicht, zuckte die Schulter und erklärte Hartmann die Mechanik: „Auf den Sattelknauf drücken, gleichzeitig die Lanze in der Reiterhand nach unten schieben und das Geheimnis offenbart sich. Wer die scharfe Spitze berührt, hat noch vier Tage bis ins Paradies." Herr Hartmann war sehr beeindruckt, stellte die Figur in den Schrank und beide Männer verließen das Kabinett.

Was sie nicht ahnten: Unter dem Tisch saß Albert, der einzige Sohn des Herrn von Lützelbach, der dort heimlich mit seines Vaters Dingen spielte. Er hatte gelauscht und jedes Wort aufgesaugt. Natürlich verstand der Fünfjährige die blumigen Worte des Dieners nicht. Neugierig holte er den Lanzenreiter aus dem Schrank. Albert sah die erschrockene Miene des Reiters. Dann tat er wie gehört. Nichts geschah. Seltsam! Schritte auf dem Flur!! Eilig stellte er die Figur zurück, ritzte sich dabei an der Lanze. Egal! Er rannte zurück in seine Kammer.

Am nächsten Tag ritt Hartmann mit Albert zu seinem Bruder, Reiz Eberhard zur Breuburg. Dessen achtjähriger Sohn Conrad war der einzige männliche Nachkomme. Ohne Conrad würde Hartmann und nach ihm Albert den Titel und die Ländereien erben. Beim Aufritt zur Burg betätigte Hartmann unauffällig die Mechanik des Reiters. Nach der Begrüßung Eberhards und dessen Frau Mechthild überreichte er Conrad vorsichtig den Lanzenreiter. Der bedankte sich und lief in seine Kammer. Der Lanzenreiter schaute voller Sorge und Angst. Conrad ließ das Pferd über den Tisch galoppieren, auf den Stuhl springen. Oh, beinahe wäre es hinunter gefallen! Noch mal Glück gehabt! Beim Auffangen ritzte er sich ein wenig an der Lanze, na, nicht so schlimm! Er stellte den Lanzenreiter weg und lief in den Saal.

Derweil erzählte Albert beim Spiel Töchterchen Lisa vom Geheimnis des Reiters mit der Lanze, was man machen müsse und dann wäre man vier Tage im Paradies. Elisabeth gefiel die Geschichte. Der Lanzenreiter war ihr gleichgültig. Am nächsten Tag verabschiedeten sich Hartmann und Albert. Zwei Tage später bekam Albert hohes Fieber, wurde schwer krank. Nichts konnte helfen. In der Nacht kam er noch einmal zu sich und flüsterte zu seinem wachenden Vater: „Der Lanzenreiter, Vater, er zeigt mir das Paradies". Hartmann war wie vom Blitz getroffen. Er verstand nicht! **Sein** Sohn lag hier auf den Tod wartend, nicht wie geplant Conrad. Als Albert nicht mehr atmete, ergriff ihn große Verzweiflung und Reue. Er stieg auf den Turm und stürzte sich in den Tod.

Bei der doppelten Todesnachricht am nächsten Tag auf Burg Breuberg war Conrad schon sehr krank. Und wie bei Albert wollte kein Mittel helfen. In den frühen Morgenstunden schlief er ein, um nie mehr zu erwachen. Aus tiefer Trauer um den einzigen Sohn und Nachfolger ließ Reiz Eberhard Conrads Kammer verschließen.

Viele Jahre später starb Reiz Eberhard, letzter Erbe im Mannesstamm. Die Ländereien gingen über an den Grafen von Wertheim, der Eberhards Tochter Lisa geheiratet hatte. Lisa kam, um aus der Burg die persönlichen Dinge der Eltern und des Bruders Conrad aus dessen Zimmer an sich zu nehmen. Lisa fand den verzweifelt aussehenden Lanzenreiter. Ihr fielen wieder die traurigen Ereignisse von damals ein. Auch ihre Erinnerung an das Geheimnis war wieder da. Sie sagte zu ihrer Enkelin Griseldis: „In der Figur steckt ein Geheimnis. Das hat mir Albert erzählt. Bald danach sind er und Conrad gestorben. Das Ding birgt schreckliche Erinnerungen, ich will es nicht mehr!" Sie warf es in den Korb mit den Dingen für den Speicher. Dabei brach ein Bein ab.

Was sie nicht sah: Peter, der Sohn der Magd wickelte in einem unbeobachteten Moment den Reiter in seine Jacke und nahm ihn unbemerkt mit nach Hause. Seine Familie bewohnte ein kleines, einfaches Fachwerkhäuschen im Dorf unter der Breuburg. In der Schlafkammer versteckte er den Reiter in der Wandfüllung aus Stroh und Lehm. Tage später kam der Vater bei einem Unfall ums Leben, die Mutter musste mit ihrer Kinderschar ausziehen. Vor Trauer und

Sorge hatte Peter nicht mehr an die Reiterfigur in der Wand gedacht. So ruhte sie mit ihrem Geheimnis viele Jahre vergessen in der Hauswand.

Als 1868 das Haus umgebaut wurde, fanden Arbeiter den verstaubten, verdreckten, müde blickenden Lanzenreiter, dessen Pferd nur noch drei Beine hatte. Einer von ihnen dachte: das Ding könnte noch was wert sein, nahm es mit nach Erbach und brachte die Figur zum Schnitzer hinter dem Schloss. Der betrachtete es von allen Seiten und meinte: „Das ist eine sehr gute, alte Arbeit. Sieh nur das Gesicht an. Ein Soldat, der schon manches Leid erlebt und gesehen hat. Aber so, mit nur drei Beinen, ist er nicht viel wert. Bring es nach Michelstadt zum Trödler. Vielleicht kann der noch etwas damit anfangen." Der Trödler dachte wie der Schnitzer, gab Karl einen Groschen und legte die Figur in sein Lager. Mit den Jahren häufte sich dort unendlich viel Krimskrams an, den keiner je ordnete.

2016 kaufte ein junges Paar, Eva und Axel, das Haus. Sie räumten alle Zimmer leer und fanden den Reiter, schmutzig, dreibeinig. Der hielt immer noch tapfer seine Lanze hoch und schaute mit warnendem Blick den Betrachter an. Sie gaben es ihrem Freund Jan, der sich für alte Dinge interessierte. Dieses unansehnliche, ramponierte Ding nahm er gleich am nächsten Sonntag mit auf den Erbacher Flohmarkt. Während er seine Sachen aufbaute, fiel ihm eine von Opas Geschichten ein: alte Figuren hätten oft einen geheimen Mechanismus. Er untersuchte die Figur sehr gründlich und fand tatsächlich den Sattelknauf zum Drücken. Auch die Lanze ließ sich runter schieben. Dann machte er beides gleichzeitig. Nichts geschah. Beim Schütteln meinte er ein ganz feines Klirren innen drin zu hören. Das Gesicht des Reiters hatte einen entsetzten, verzweifelten Ausdruck angenommen. Oder träumte er jetzt? Ein Kunde kam an den Tisch und er stellte den Lanzenreiter zur Seite. Er bemerkte nicht den Jungen, dessen Blick begehrlich an der Figur hing. In einem unbeobachteten Moment schnappte der den Lanzenreiter und steckte ihn ein. Er ritzte sich ein wenig an der Lanze. Nur ein wenig! Unbemerkt ging er davon.

Ob das Gift nach so langer Zeit noch wirkt?

Die Galeria Opitz

Sabine Schrader (Porto Cristo Novo/Spanien)

Sie wollte nicht gehen. Alles in ihr lehnte sich dagegen auf, endlich ihre Handtasche zu packen, die Wohnung zu verlassen, sich ins Auto zu setzen und loszufahren. Weil dann, dann käme sie an. Dort. Wo sie nicht mehr hinwollte. Nervös fuhr sie sich mit der Zunge über die spröden Lippen. Ach verdammt, dachte sie, während sie die Billigkopie einer Krokoledertasche auf die Arbeitsplatte in der Küche knallte. Direkt in den Fleck.

„Verdammt!", rief sie jetzt erbost und packte grimmig das Schwammtuch, um zuerst die Sauerei auf dem Boden der Tasche zu beseitigen, wobei sie feststellte, dass eine Naht bereits aufgeplatzt war. Dabei hatte sie das Modeaccessoire erst vor einem halben Jahr gekauft. Im Urlaub. Auf Mallorca. Bei einem dieser Straßenhändler, der so lange auf sie eingeredet hatte, bis sie nach zweimaligem Preisnachlass doch noch zugegriffen und sich freudig das geräumige, knallrote Stück über die Schulter gehängt hatte. Wie zu erwarten, hatte Kai genörgelt, kaum dass sie ihn wenig später am Strand traf.

Kai. Er hatte die Schweinerei hier veranstaltet, weil er sich morgens seit Kurzem Rühreier machte. Wahrscheinlich dachte er, damit seinen Ansatz von Bierbauch zum Verschwinden zu bringen. Sie hätte ihm dagegen ein paar Runden um den Sportplatz vor ihrer Haustür empfohlen. Aber sie war still. Wozu sollte sie sich mit ihm streiten. Andererseits war ihr seine Schluderei jetzt sogar recht. Denn selbstverständlich musste erst einmal der Dreck weggewischt werden. Hektisch streifte sie sich eine Haarsträhne aus der Stirn. Wie befürchtet, war das Unglück umgehend beseitigt, dank des Fettreinigers, der genau dies auf dem Etikett versprach.

Nun blieb ihr nichts anderes übrig, als sich auf den Weg zu machen. Sie musste zur Arbeit. Zwar wäre ihr Chef nicht da, aber sie wollte nicht zu spät kommen. Ihr Chef, Herr Opitz, ließ ihr zudem freie Hand. Sauber solle es sein, hatte er ihr vor fünf Monaten gesagt und lächelnd den Schlüssel für die Galerie übergeben. Unter vorgehaltener Hand hatte er ihr gestanden, dass die scheinbar aufwendige Videoüberwachung nur Attrappe wäre, um Diebe abzuschrecken. Deshalb musste er ihr keine Geheimnummer für die vermeintliche Alarmanlage geben, nur sie ihm ihr Ehrenwort, nichts zu verraten. Ihre Bezahlung war nicht an ein bestimmtes Arbeitspensum gebunden. Wie eine warme Welle, wie dort am Strand von der Playa de Palma, hatte sie das wohlige Gefühl überschwemmt, anerkannt zu werden, geschätzt und geachtet. Herr Opitz, Herr Doktor Opitz, um genau zu sein, war so anders als viele ihrer sonstigen Arbeitgeber, die oft pingelig und kleingeistig über ihre Arbeit wachten.

„Genug!", sagte sie laut. „Sei nicht so undankbar", flüsterte sie hinterher. Denn diese Korinthenkacker würde sie jetzt tausendmal lieber aufsuchen als die Galerie Opitz. Weil das pedantische Volk nicht in dieser Hölle hauste, in die sich ihr anfänglich optimaler Arbeitsplatz in den letzten Wochen verwandelt hatte.

„Es spukt dort", war ihr vor einem Monat herausgerutscht, als sie abends mit Kai beim Abendbrot saß. Ihr verständnisvoller Mann hatte schallend gelacht und ihren Sinn für Humor gelobt. Das war der erste und letzte Kommentar zu den Ereignissen, die sich in dem alten Haus direkt neben dem Friedhof abspielten. Lag es vielleicht daran? Dass die Toten zu Besuch kamen? Aber nie zu Herrn Opitz oder anderen, sondern nur, wenn sie dort war. Alleine. Dann nämlich starrten sie die Bilder feindselig an, sie glaubte Stimmen zu hören, die hässlich lachten, dann wieder Schreie, als würde jemand auf ein Rad gespannt. Lag es unter Umständen daran, dass sich der Herr Doktor, wie sie ihren Chef liebevoll nannte, dafür entschieden hatte, eine Sammelausstellung zu organisieren, bei der es um *Mörderische Kunst* ging. Am Anfang fand sie das Ganze skurril, wie sie von einer Besucherin aufgeschnappt und nachgeplappert hatte. Nach und nach jedoch war ihr die dortige Atmosphäre zunehmend feindselig vorgekommen. Die Gemälde und Fotografien schienen sie anzustarren. Erschrocken hatte sie sich mehr als einmal ruckartig umgedreht, Opfer ihrer aufsteigenden Panik, aber nie war mehr als ihr eigener, röchelnder Atem zu hören gewesen. Nur die Augen der abgebildeten Personen schienen sie zu verfolgen.

Vor einem Monat etwa war unvorhergesehen der Herr Doktor vorbeigekommen, weil er sein Telefon dort hatte liegen lassen. Ihm gegenüber war ihr das mit den unheimlichen Blicken herausgerutscht. Aufmerksam hatte er bei der Suche innegehalten und sie neugierig betrachtet. Dann hatte er davon gesprochen, dass es die sogenannte Silberblick-Technik gäbe, die genau dies beabsichtigte. An Details konnte sie sich beim besten Willen nicht mehr erinnern. Nur noch an ihre Dankbarkeit, dass dieser gebildete und vermögende Mann sich nicht lustig über sie gemacht hatte. Wie Kai. Der doch eigentlich der Erste sein sollte, sie ernst zu nehmen.

Aber abgesehen von den sie verfolgenden Blicken, auch wenn es dafür nun sogar eine wissenschaftliche Erklärung gab, fühlte sie sich zunehmend unwohl. Die Skulpturen schienen sich zu bewegen. Sie hätte schwören können, dass *Der Gemarterte* eben noch weiter nach rechts gedreht stand. Und dass *Die Teufel* letzte Woche hellere Gewänder trugen. Das traute sie sich aber nicht zu sagen. Auch nicht dem netten Herrn Doktor. Nach der Erläuterung der Maltechnik hatte er sie nämlich so eingehend angesehen, dass ihr ganz anders wurde. Glaubte er vielleicht, sie hätte Wahnvorstellungen? Völlig unerwartet war sie daraufhin in Schweiß ausgebrochen.

Erneut fuhr sie sich mit der Zunge über die Lippen. Es half alles nichts. Mittlerweile klammerte sie sich an ihren Mopp. Niemandem hatte sie davon erzählt, aber seit Kurzem trug sie ein Messer bei sich. Das Schinkenmesser aus Spanien mit der langen, scharfen Schneide. Die Kirchenglocken schlugen gerade neun. Eine halbe Stunde später schaute sie erleichtert aus dem großen Fenster auf der Rückseite, das einen weiten Blick auf das angrenzende Wäldchen gab. Erheitert schüttelte sie den Kopf und schalt sich einen Angsthasen. Weder hatten Bilder sie angestarrt, noch hatte *Der Gemarterte* seine blutverschmierte Hand nach ihr ausgestreckt. Sie lachte. Das klang so gut, dass sie gleich noch einmal einen Lacher riskierte. Übermütig schwang sie den Staubwedel im gleißenden Licht, das durch das Fenster auf den dunklen Holzfußboden fiel. Da entdeckte sie den Schatten: Ein ausgestreckter Arm mit einer Pistole drohte über ihr.

Bevor sie einen Gedanken fassen konnte, hatte ihre Hand das Messer gezückt, während sie herumwirbelte. Sofort stach sie auf den Feind ein. Immer wieder. Es war keine Einbildung gewesen. Zu ihren Füßen lag jetzt ein Bündel, blutüberströmt, bewegungslos und real. Sie erkannte das lange blonde Haar, die bunte Jacke: Frau Opitz. Keine Waffe hielten deren leblose Finger, sondern einen großen Schlüsselbund. Panisch klammerte sie sich an das Messer. Dann hörte sie die Stimmen, sie kamen von überall her. Diesmal sprachen sie deutlich zu ihr. „Lauf!", schrien sie ihr zu. Noch immer das blutverschmierte Messer in der Hand stürzte sie auf die Straße.

„Stehen bleiben! Hände hoch!", drangen Rufe in ihr Gehör, aber sie hastete weiter. Bis etwas sie traf. Einmal. Zweimal. Sie stolperte. Es rauschte um sie herum, dann wurde es dunkel.

‚Ich hatte keine andere Wahl', würde später der Polizist zu Protokoll geben. Auf die Meldung des Einbruchs in der Galerie war die Streife vorgefahren, gerade rechtzeitig, um die Täterin auf der Flucht zu stellen. Da die sich nicht ergab, mussten die Polizisten sie stoppen. Sie zielten auf ihre Beine, die Frau stürzte und starb an dem folgenden Schuss.

Fassungslos traf kurz darauf Dr. Opitz ein und erwähnte die überdrehten Fantasien seiner Putzhilfe zur aktuellen Ausstellung. Erst als er die Frau heute früh über die Kameras, die er auf dem Handy einsehen konnte, mit dem Messer hantieren sah, als seine Frau die Galerie betrat, hatte er die Polizei gerufen. Leider kam jede Hilfe zu spät. Er machte sich schwere Vorwürfe, die Gefahr unterschätzt zu haben, der nun seine Frau zum Opfer gefallen war. Selbstverständlich würde er eine Kopie der Aufnahmen für die Ermittler machen. Gramgebeugt verabschiedete er sich von den Beamten.

Diese Kopie hatte er bereits in der Tasche, natürlich nach der Löschung sämtlicher Aufnahmen, auf denen die Stimmen zu hören und die Manipulationen an den Skulpturen zu sehen waren, sowie die Effekte mit Flackerlicht, die manchmal einen epileptischen Anfall auslösten. Sein Bruder würde zufrieden sein. Die aktuellen Ereignisse hatten dessen Studien bestätigt, auch wenn diese leider nicht veröffentlicht werden konnten. Aber nach dem Tod seiner verhassten, aber reichen Frau würde er das Erbe großzügig mit ihm teilen. Dass er die Zelte hier abbräche, um woanders sein Glück zu versuchen, würde keinen Verdacht erwecken. Er rieb sich die Hände. Kunst als perfekte Mordwaffe.

Lass es doch endlich gut sein!

Michael Thode (Salzhausen/Niedersachsen)

„Sind Sie auch auf dem Weg in den zweiten Stock?"
Axel Wolfermann hielt inne. Er stützte sich mit einer Hand am Treppengeländer ab und öffnete mit der anderen den obersten Knopf seines Hemds. Die Hüften schmerzten, und jede einzelne Stufe war die reinste Tortur. Er rang nach Luft.
„Wie bitte?"
Eine junge Frau überholte ihn und blieb neben ihm stehen: „Sind Sie auch auf dem Weg in den zweiten Stock? Falls Sie zu der Ausstellung möchten, haben wir denselben Weg."
Wolfermann nickte. „Ich brauche noch ein bisschen."
„Darf ich?" Bevor er antworten konnte, schob sie einen Arm unter seinem hindurch und gab ihm so die Möglichkeit, sich an ihr zu stützen. „Ich arbeite für *Echo Online* und habe den Auftrag, einen Artikel über die Eröffnungsfeier zu schreiben."
„Dann sollten wir keine Zeit verlieren!"
Kurz darauf erreichten sie den Saal *Robert Burns*. Dort waren 48 Werke von 15 Künstlerinnen und Künstlern ausgestellt. So unterschiedlich die Skulpturen, Zeichnungen, Malereien und Fotografien auch waren, sie alle verband ein gemeinsames Thema: Mörderische Kunst!
„Herzlich Willkommen zur traditionellen Ausstellung von Odenwälder Kunstschaffenden", begrüßte der Landrat die Anwesenden. Wolfermann schätzte ihre Zahl auf mindestens 200. „Dieses Mal befassen wir uns mit den Abgründen des Menschen", fuhr der Landrat fort. „Die Exponate zeigen Situationen, die von Zerstörung, Verzweiflung und Auswegsigkeit bestimmt sind!"
Wolfermann löste sich von der Journalistin. Er dankte ihr mit einem höflichen Nicken und trat zur Seite. Die Eröffnungsrede interessierte ihn nicht; auch die Ausstellungsstücke waren ihm egal. Stattdessen überflog er die Gesichter der Anwesenden. Er wollte partout nicht glauben, dass die Ankündigungen, die er in den Zeitungen gelesen hatte, stimm-

ten. Sollte Ingo Fritsche tatsächlich unter die Künstler gegangen sein?

Wolfermann scannte jedes Gesicht, bis er plötzlich innehielt – in der hintersten Reihe erkannte er den Mann, der ihn bis zum heutigen Tag nicht zur Ruhe kommen ließ.

* * *

Ingo Fritsche hatte nur darauf gewartet, dass Wolfermann ihn entdeckte. Kaum hatten sie Blickkontakt, hob Fritsche die Hand und winkte. Er beobachtete, wie die Gesichtszüge des alten Mannes gefroren.

Gottseidank ist es bald vorbei, dachte er.

Die vergangenen zwei Jahrzehnte hatten Fritsche viel Energie abverlangt: Die Ermittlungen der Sonderkommission unter der Leitung von Axel Wolfermann; die monatelange Untersuchungshaft; der Schwurgerichtsprozess; der Freispruch aus Mangel an Beweisen; und schließlich der schwarze Schatten, der seit diesem Tag über ihm lag.

Damit meinte er keineswegs Gewissensbisse, die er durchaus hätte haben können. Vielmehr meinte er damit Wolfermann, der jeden seiner Schritte überwachte.

Aus Sicht von heute wünschte sich Fritsche, er hätte damals ein Geständnis abgelegt. Für Mord stand zwar eine lebenslange Freiheitsstrafe, doch bei guter Führung wäre er nach 15 Jahren wieder entlassen worden. Dann wäre er heute wieder ein freier Mann gewesen. Vielleicht.

* * *

Wolfermann wusste, dass Fritsche ein leidenschaftlicher Fotograf war. Sein Portfolio reichte von atemberaubenden Landschaften bis hin zu ästhetischen Detailaufnahmen. Das hatte Wolfermann anhand zahlloser Aufnahmen nachvollzogen, die er damals im Rahmen der Ermittlungen in Fritsches Wohnung beschlagnahmt hatte.

Wolfermann war sicher, dass Fritsche seine Tat mit der Kamera dokumentiert hatte, doch diese Aufnahmen hatte er trotz größten Anstrengungen nicht gefunden.

* * *

Fritsche hatte nach dem Gerichtsprozess alles versucht, um wieder ein geregeltes Leben zu führen. Vergeblich. Egal, in welche Stadt er gezogen war, egal, welchem Arbeitgeber er eine Bewerbung geschickt hatte, egal, welche Frau er kennengelernt hatte – Axel Wolfermann hatte ihn nach kürzester Zeit aufgespürt und dafür gesorgt, dass Fritsches Bemühungen ins Leere liefen.

Wolfermann hätte seinen Ruhestand nach seiner Pensionierung zwar mit bestem Gewissen genießen können, doch der ungelöste Fall des verschwundenen Teenagers hatte sich zu einer fixen Idee entwickelt.

In den letzten Wochen war Fritsche zu dem Entschluss gelangt, dass dieses Katz-und-Maus-Spiel keinen Sinn mehr ergab. Da es nicht seiner Natur entsprach, einfach aufzugeben, hatte er sich für Wolfermann eine letzte Herausforderung ausgedacht: Mörderische Kunst!

* * *

Wolfermanns Anspannung stieg, als der Landrat seine Eröffnungsrede beendete und sich an die Künstlerinnen und Künstler wandte: „Herr Fritsche, darf ich Sie bitten zu beginnen?"

Wolfermann fixierte Fritsche, während dieser zu drei nebeneinander hängenden Bilderrahmen ging. Es war nicht zu erkennen, was sie zeigten, denn sorgfältig zugeschnittener Samt verbarg sie.

Fritsche enthüllte die erste Fotografie. Es kam ein gepflegtes Einfamilienhaus in schwarz-weiß zum Vorschein. Fritsche zeigte auf die Aufnahme und erklärte: „Zahlreiche Täter verbergen ihre grausamen Geheimnisse hinter einer unscheinbaren Fassade. Häufig ist die Wahrheit sowohl zum Greifen nah als auch unendlich fern."

* * *

Wolfermann rang nach Atem.

Er konnte seinen Blick nicht von der Fotografie lösen, denn er kannte das Haus nur zu gut. Die Aufnahme war alt, denn der Carport und der Jägerzaun fehlten. Dennoch war eindeutig, dass es sich um sein eigenes Zuhause handelte!

* * *

Fritsche schaute in die Runde. Er nahm wahr, dass die Zuhörer förmlich an seinen Lippen hingen. Viel wichtiger war ihm jedoch Wolfermanns Reaktion. Dessen Verblüffung war allzu offensichtlich. Gut so!
Fritsche enthüllte die zweite Fotografie. Es war ein Garten zu erkennen. Der Fokus lag auf einem etwa zwei Meter breiten Beet. Es war nicht bewachsen und zeigte einen frisch umgegrabenen Mutterboden. „Erde zu Erde, Asche zu Asche, Staub zu Staub", erklärte Fritsche. „So lautet eine Formel, die Pastoren häufig im Rahmen von Beisetzungen nutzen. Mit dieser Fotografie möchte ich an diejenigen Menschen erinnern, die anonym verscharrt wurden. Ich denke dabei weniger an Soldaten, sondern vor allem an Gewaltopfer."

* * *

Wolfermann war noch immer fassungslos.
Die Aufnahme stammte aus seinem Garten. Auch dieses Bild war alt, denn es zeigte den Teil des Beets, der vor vielen Jahren zerstört worden war. Wolfermann erinnerte sich genau. Die Suche nach dem vermissten Teenager hatte gerade begonnen, als die Buschwindröschen, die Pfingstrosen, die Akelei, und das Tränende Herz umgegraben worden waren. *Wildschweine*, hatte er damals vermutet. Seine Frau hatte daraufhin Rosen in das Beet gepflanzt. Sie pflegt sie bis heute mit größter Leidenschaft.

* * *

Fritsche enthüllte das dritte Bild. Es zeigte ein prachtvolles Rosenbeet. „In diesem Sinne widme ich allen verlorenen Seelen ein Symbol der Liebe."

Mit Ausnahme von Wolfermann begannen die Anwesenden zu applaudieren.

* * *

Wolfermann war wieder Herr seiner Sinne. Er wunderte sich nicht, dass auch die dritte Aufnahme aus seinem Garten stammte. Wortlos verließ er den Saal.

Obwohl zwanzig Jahre nach dem Verschwinden des Teenagers kein Zeitdruck bestand, beeilte sich Wolfermann, nach Hause zu kommen. Kaum hatte er die Haustür hinter sich geschlossen, nahm er seine Frau bei der Hand und ging mit ihr in den Garten. Vor dem Rosenbeet blieb er stehen. „Ich weiß jetzt, wo wir suchen müssen."

Ungläubig schüttelte sie den Kopf. „Ist das dein Ernst?"

„Ich werde jetzt die *Regionale Kriminalinspektion* in Erbach informieren. In ein paar Stunden haben wir Gewissheit!"

„Seit Jahrzehnten jagst Du einem Hirngespinst nach! Jetzt sollen also auch meine Rosen ein Opfer dieses Irrsinns werden?"

Wolfermann hob die Arme, als wolle er sich entschuldigen. „Es tut mir leid, aber dieses Mal bin ich absolut sicher ..."

„Das habe ich schon so oft von dir gehört!", unterbrach sie ihn barsch.

„Du bekommst neue Rosen. Ich verspreche dir, dass ..."

„Axel!", sagte sie in einem Tonfall, der ihn innehalten ließ. Dann legte sie ihm eine Hand auf die Schulter und seufzte. „Lass es doch endlich gut sein!"

* * *

Es war weit nach Mitternacht, als die Bestatter den Leichnam in den Zinksarg betteten.

Wolfermann stand im Garten neben dem Leiter der *Regionalen Kriminalinspektion*. Gemeinsam beobachteten sie die übrigen Beamten, die ihre Tatortarbeit im gleißenden Scheinwerferlicht leisteten.

„Manchmal dauert es Jahrzehnte, bis ein Mörder unter der Last seines Gewissens zusammenbricht", sagte der Leiter der Kriminalinspektion.

„Wohl wahr", stimmte Wolfermann zu.

„Vielen Dank, dass Sie sich mit uns in Verbindung gesetzt haben."

„Kein Problem."

„Ich habe in den Vernehmungen oft gehört, dass die Täter ein Geständnis als große Erleichterung empfinden."

Wolfermann nickte. „Sie können sich gar nicht vorstellen, welch Stein mir vom Herzen fällt, dass es endlich vorbei ist!"

„Würden Sie mich nach Erbach begleiten, damit ich Ihre Aussage zu Protokoll nehmen kann?"

„Jetzt?"

„Ihre Frau kann Ihnen später ein paar Sachen für die nächsten Tage vorbeibringen."

„Wie bitte?"

Die Gabe

Jutta van der Valk-Passarge (Nordhorn/Niedersachsen)

Das Foto interessiert Sie?

Es ist faszinierend, nicht wahr? Das Spiel von Licht und Schatten, die Komposition, die Tiefe. Eines seiner besten. Danach hat er kaum noch etwas von bleibendem Wert zustande gebracht. Aber dieses hier, es ist vielleicht sein Meisterwerk. Auch wenn nie ganz geklärt werden konnte, wie es gemacht wurde.

Bitte, bleiben Sie doch! Lassen Sie uns noch einen Moment zusammen das Foto genießen. Das Museum schließt in einer halben Stunde. So viel Zeit haben Sie doch bestimmt noch? Sie würden einer alten Frau einen großen Gefallen tun.

Haben Sie mich auf dem Foto erkannt? Das kleine Mädchen mit den langen dunklen Zöpfen ganz rechts, das bin ich. Vor sechsundsiebzig Jahren.

Es würde mich freuen, wenn Sie mich erkannt haben, denn das würde bedeuten, dass exakte Beobachtung Ihre ganz persönliche Gabe ist. Jeder Mensch hat eine spezielle persönliche Gabe, müssen Sie wissen. Nur vertrödeln die meisten ihr Leben, ohne sie je zu entdecken. Die anderen entdecken sie zwar, vergeuden dann jedoch den Rest ihres Lebens damit, ihre Gabe zu verleugnen. Aus Ignoranz, aus Unglauben. Oder durch den stärksten aller menschlichen Dämonen: Angst.
Vielleicht erkennen Sie sich in einer dieser Kategorien. Vielleicht gehören Sie aber auch zu den seltenen Ausnahmen. Auch wenn ich Letzteres bezweifle. Verstehen Sie mich nicht falsch, ich meine das nicht persönlich. Ich meine nie etwas persönlich. Der Grund für meinen Zweifel ist ganz einfach, dass ich bisher nur einer Handvoll Menschen begegnet bin, die ihre Gabe umarmten. Wirklich umarmten. Menschen, die ihr Leben ihrer Gabe widmeten, die sie zu

einer Kunstform erhoben haben - was auch immer diese Gabe sein mochte.

Ich weiß, an wen Sie jetzt denken: Dichter und Maler, Bildhauer, Fotografen, Tänzer und Musiker. Shakespeare, Goethe, Beethoven, Chagall, Woolf, Leibowitz, Rodin, Kahlo, Nurejew, Picasso, Callas - die Liste ist endlos - habe ich recht? Oder vielleicht sind Sie technischer veranlagt? Vielleicht denken Sie an Erfinder, an Forscher? An Einstein. Bei Forschern denken immer alle zuerst an Einstein. Oder Friedensstifter: Gandhi, Ebadi, King, Mutter Theresa? Kurzum, Sie denken an Menschen mit einer Gabe, über die sich alle einig sind.
Nehmen wir der Einfachheit halber an, diese Menschen wären tatsächlich das, was Sie in ihnen sehen. (Sie täuschen sich in den meisten von ihnen, aber das ist hier nicht der springende Punkt.) Was haben all diese Menschen dann gemeinsam?

Sie sind langweilig.

Wesentlich interessanter sind *die Anderen*.

Erinnern Sie sich noch, was ich gerade sagte: Menschen, die ihre Gabe zu einer Kunstform erhoben haben - *was auch immer diese Gabe sein mochte?*

Lassen Sie es mich so erklären: Wir sind es gewohnt, die Welt in Licht und Schatten einzuteilen, in gut und böse, wertvoll und nutzlos. Auf den ersten Blick erscheint diese Einteilung sinnvoll, geradezu selbstverständlich. Aber ist sie das? Haben Sie schon einmal darüber nachgedacht, wie absurd es ist, dass wir die Asche im Kamin als Abfall betrachten und denselben Stoff - unter hohem Druck tief in der Erde zu Diamanten gepresst - als unbezahlbaren Schatz? Dass es vielleicht irgendwo in den unendlichen Weiten unseres Universums einen Planeten gibt, auf dem ein Volk von Feueranbetern Diamanten wegwirft und Aschehaufen verehrt? So ist das auch mit unseren persönlichen Gaben:

Jede Einteilung in gut und schlecht ist im Grunde willkürlich, abhängig von der Zeit und der Kultur, in der wir leben, von Religionen, Moden, Zufällen. Nehmen wir Dschingis Khan: Er mag Ihnen im Geschichtsunterricht als brutaler Barbar präsentiert worden sein, aber auch Dschingis Khan hatte eine einzigartige Gabe. So wie Robert Oppenheimer eine einzigartige Gabe hatte, ebenso wie Lucretia Borgia. Sie kennen Lucretia Borgia nicht? Kennen Sie Charles Manson? Ich weiß, das schockiert Sie. Natürlich schockiert Sie das. Licht und Dunkel. Gut und Böse. Khan, Oppenheimer, Borgia, Manson: Sie verkörpern das Dunkel, so wie Chagall, Shakespeare, Einstein und Mutter Theresa das Licht verkörpern. Aber wer sagt, dass es Licht geben kann ohne Dunkel? Dass es so etwas wie Gut und Böse überhaupt gibt? Wer entscheidet, was abartig ist und was Kunst?

Jetzt fragen Sie sich wahrscheinlich, was meine ganz persönliche Gabe ist. Ich sehe Sie nervös an Ihrer Kleidung zupfen, denn inzwischen haben Sie die Vermutung - die dunkle Vermutung -, dass meine Gabe nicht zu denen gehört, die wir in unserer Gesellschaft verehren. Schauen Sie sich noch einmal das Foto an. Es wurde an dem Tag aufgenommen, an dem ich meine Gabe vollkommen umarmte. Schauen Sie sich meinen Blick an. Den Blick meines Vaters neben mir.
Wessen Hund das ist schräg hinter meinem Vater, fragen Sie? Das ist Sparky, unser Border Collie. Oder besser gesagt, der Border Collie meiner verstorbenen Stiefmutter. Aber das ist eine andere Geschichte. Konzentrieren Sie sich wieder auf mich und meinen Vater. Auf die Art, wie wir in die Kamera schauen.
Konzentrieren Sie sich dann auf das, was Sie *nicht* auf diesem Foto sehen: die Person, die das Foto gemacht hat. Mein Vater wurde berühmt mit diesem Foto, aber hat er es auch gemacht?

An jenem Tag sind wir für ein Picknick nach Greenfield Valley gefahren. Mein Vater, meine kleine Schwester Cecilia,

Sparky und ich. Dort entstand dieses Foto. Sechs Tage, bevor Cecilias Leiche in dem Wald gefunden wurde, den Sie im Hintergrund sehen. Niemand außer uns war an jenem Tag in diesem Tal. Das hat die Gendarmerie später mit an Sicherheit grenzender Wahrscheinlichkeit festgestellt. Wer also stand hinter der Kamera? Genau das war damals die entscheidende Frage. Die Antwort?

Niemand.

Das Foto wurde mit einem Selbstauslöser gemacht, den mein Vater konstruiert hatte. Das war unser Geheimnis. Ein Geheimnis, das mein Vater mit in sein Grab genommen hat. Und jetzt ist es *unser* Geheimnis. Ihres und meines.
Den Gendarmen sagten wir damals, Cecilia hätte auf den Auslöser gedrückt, meine kleine Schwester. Stiefschwester, um genau zu sein. Niemand zweifelte daran, denn schnurlose Selbstauslöser gab es damals noch nicht. Und so war dieses Foto das perfekte Alibi: Wir waren an jenem Tag die einzigen Menschen im Tal, und man hatte uns alle drei im Wagen dorthin fahren sehen, womit das Foto bewies, dass Cecilia noch am Leben gewesen sein musste. Wer sonst sollte das Foto gemacht haben? Für die Tage danach hatte mein Vater ein echtes Alibi, und so hatte das Foto gereicht, um ihn vor einer Mordanklage zu bewahren.
Auch ich kam durch das Foto nicht als Täterin infrage, aber das war nie wirklich von Bedeutung gewesen. Wer hätte schon ein kleines Mädchen wie mich - gerade mal elf Jahre alt - eines Mordes beschuldigt? Noch dazu eines so ausgeklügelten, kunstvollen Mordes, und an der eigenen Schwester? Nein, hätte die Polizei erfahren, dass Cecilia nicht hinter der Kamera gestanden hatte und somit bereits tot gewesen sein konnte, hätten sich die Ermittlungen einzig und allein auf meinen Vater konzentriert. Auf den exzentrischen Künstler, dessen Hang zu Alkohol und Jähzorn seit dem Tod meiner Stiefmutter ein offenes Geheimnis gewesen war.
Jetzt verstehen Sie sicher, warum mein Vater damals geschwiegen hat. Die Ironie des Schicksals ist, dass er vielleicht

reich geworden wäre mit seiner Erfindung eines schnurlosen Selbstauslösers - die zu feiern der Anlass unseres Picknicks gewesen war. Aber wie das Leben so spielte, konnte er am Ende niemandem davon erzählen.

Ob er nicht auch so reich genug geworden ist? Mit seinen Bildern? Die wurden erst in Museen gehängt und für irrwitzige Summen versteigert, als mein Vater schon nicht mehr lebte.

Vielleicht haben Sie die Schuld und die Ohnmacht, die er in dem Moment verspürte, als dieses Foto aufgenommen wurde, bereits in seinem Blick erkannt: Schuld, weil er die Wahrheit kannte und schwieg. Ohnmacht, weil er keine andere Wahl hatte, als zu schweigen, wenn er nicht am Galgen enden wollte. Vielleicht haben Sie aber auch nur das gesehen, was die meisten Menschen in seinem Blick zu erkennen glauben: Trauer. Trauer über den Verlust seiner Frau, die damals erst zwei Monate tot war. Oder Trauer als eine Art unerklärliche Vorahnung, weil er im Begriff war, auch noch seine jüngste Tochter zu verlieren. Die meisten Menschen sehen nur das, was sie sehen wollen.

Womit wir wieder bei der Frage wären, ob exakte Beobachtung *Ihre* ganz persönliche Gabe ist. Wie dem auch sei, nun kennen Sie mein kleines Geheimnis. Und damit *meine* ganz persönliche Gabe. Bevor Sie jetzt also dem Drang nachgeben, zur Polizei zu rennen, um den rätselhaften Tod eines kleinen Mädchens vor sechsundsiebzig Jahren aufzuklären, fragen Sie sich, ob Sie dieses Risiko wirklich eingehen wollen. Vor allem aber sollten Sie Folgendes bedenken: Ich habe Ihnen eine Geschichte erzählt. Nicht mehr. Nicht weniger.

Der lachende Engel

Stefan Walter (Neuburg a. d. Donau/Bayern)

Serenus Bärlauch diskutierte eifrig. Er veranstaltete heute einen ganztägigen Workshop an der VHS Odenwald, Thema: Techniken des Bronzegusses, und die Teilnehmer schienen nicht so wirklich alles verstanden zu haben. Eine gewisse Gereiztheit kam in ihm auf. Er war ein großer Künstler, hatte schon Preise für seine Skulpturen gewonnen, aber selbst sein Tablet hätte er sich nicht leisten können, wenn er sich nicht dazu herabgelassen hätte, solchen Stümpern Anfängerwissen beizubringen.

Es kam ihm daher recht gelegen, dass es an der Türe klopfte und zwei Herren und eine Dame mittleren Alters ihn dringend herausbaten. Kriminalpolizei, stellten sie sich vor. Seine Tante sei verstorben.

Nun, er mochte Tante Käthe eigentlich recht gerne, sie hatte ihn des Öfteren mit Aufträgen unterstützt, Geld hatte sie ja mehr als genug, und so fiel es ihm nicht schwer, sehr betroffen dreinzublicken. Vermutlich bemerkten seine Gegenüber aber doch auch eine gewisse Erleichterung bei ihm. Die Wahrscheinlichkeit, dass er als der nächste lebende Verwandte etwas vom Kuchen abbekam, war doch recht hoch (und genaugenommen, kannte er auch ihr Testament).

Einige Routinefragen später erfuhr er, dass Tante Käthe offenbar ihren Kopf am Lachenden Engel angeschlagen hatte. Diese mannshohe Bronzefigur war sein Meisterwerk. Er hatte sie erst kürzlich fertiggestellt und seiner Tante zum 70. Geburtstag geschenkt (nun gut, sie hatte die recht erheblichen Materialkosten übernommen, aber das Kunstwerk war, seiner Meinung nach, ein Vielfaches wert).

Sie stand jetzt im Wintergarten – ein schöner, alter, gemauerter Wintergarten – der Villa seiner Tante; das Dach war abgenommen worden und der Engel mit einem Kran hineingehievt. In die Augen hatte er sogar Leselichter integriert; seine Tante hatte es sich so gewünscht. Künstlerisch war das ein wenig fragwürdig gewesen, andererseits dürfte er damit eine der wertvollsten Stehlampen der Welt geschaffen haben. Musste nur noch eine Zeitung anbeißen. Möglicherweise könnten Kopf und Engel nicht ganz freiwillig zusammengekommen sein. Serenus Bärlauch zuckte zusammen. Mord? Ach ja, sein Alibi. Da hatte er ja Glück gehabt. Er war schon den ganzen Tag hier, auch die Mittagspause hatten sie gemeinsam verbracht, zwölf Zeugen. Er atmete tief durch.

Kriminalhauptkommissar Eppel las die Protokolle jetzt schon zum dritten Mal. Natürlich musste es der Bildhauer gewesen sein. Wer außer dem Erben sollte ein Interesse daran haben, eine liebenswürdige alte Dame umzubringen? „Ein Einbrecher vielleicht?" KOK Woy versuchte zu helfen; den Chef überzeugte das nicht. „Keine Einbruchsspuren. Nichts verschwunden." – „Die Haushälterin?" – „Alibi."
„Unfall?" – „Haben Sie sich die Fotos von der Leiche denn überhaupt angesehen? Wenn man sich den Kopf stößt, dann bekommt man einen blauen Fleck. Kein Loch!"
„Alibi falsch?" Das war natürlich die naheliegendste Erklärung. Und deswegen begann Eppel jetzt seinen vierten Durchgang durch die Zeugenaussagen. Aber da gab es keine Lücken im Alibi. Die Rechtsmedizin hatte als Todeszeitpunkt vorläufig 13.00 Uhr plus/minus eine Stunde angegeben. Die Leiche war nicht bewegt worden, es gab im Wintergarten auch keine Klimaanlage, mit der man die Körpertemperatur hätte beeinflussen können.
Und ohnehin war Bärlauch nachweislich ab 9.00 Uhr bei seinem Kurs gewesen. Es gab zwölf Zeugen, ohne nähere Verbindung. Mittagspause gemeinsam verbracht. Ein paar kurze Unterbrechungen, in früheren Zeiten hätte man sie Raucherpausen genannt, aber die konnten auf keinen Fall ausreichen für den Weg zum Tatort und zurück. Noch nicht mal mit dem Hubschrauber.
Es gab keine Hinweise darauf, dass Bärlauch einen Doppelgänger hatte, der den Kurs für ihn abhielt. Zudem kannten ihn manche der Kursteilnehmer bereits und waren sicher, dass er es durchweg selbst gewesen sei. Schade.

„Auftragsmord?" – „Wir sind hier nicht in Frankfurt, Woy. Und meiner unbescheidenen Erfahrung nach neigen Auftragskiller zu Schusswaffen oder vielleicht Messern, nicht zu Statuen. Aber vielleicht haben Sie Recht. Befragen wir das Maiglöckchen noch einmal."

Der Künstler saß jetzt schon fast drei Stunden auf dem Flur der Kriminalinspektion. Die meiste Zeit starrte er auf sein Tablet. Zwischendurch sah er sich immer wieder nervös um. Er wurde allmählich sichtlich unruhig.
Eppel ließ ihn gerne warten. Wenn er sich sicher war, den Täter gefunden zu haben – und auf seinen Riecher bildete er sich etwas ein –, dann kam seine sadistische Ader durch. Er sah freudig, wie Bärlauch auf der Holzbank immer öfter hin und her rutschte, sich umsah, hektisch wurde, bei jedem vorbeigehenden Beamten zusammenzuckte.
Für einen Moment hatte der Ermittler sogar einen kurzen Blick auf den Film werfen können. Sah aus wie CSI oder so ein Unsinn. Er hätte sich schieflachen können. Und die entsetzte Reaktion des Verdächtigen – göttlich. Ein paar Minuten konnte er ihn schon noch schmoren lassen. Erst mal noch ein Käffchen.

Kriminaltechniker Eigse seufzte laut auf. Sie hatten Stunden damit verbracht, den Tatort zu untersuchen. Die Kollegen gingen schon nach Hause. Er wollte jetzt noch einmal den Engel näher anschauen, aber dann war Feierabend. Zweifelsfrei die Tatwaffe. Offensichtlich Bronze. Keine Chance, die Figur ohne technische Hilfsmittel zu bewegen, viel zu schwer.
Von Kunst verstand er nichts, aber die Skulptur gefiel ihm. Sehr hübsch. Wer da wohl Modell gestanden hatte? Die hätte er gerne kennengelernt.
Auch die Verarbeitung war bewundernswert. Bei der VHS gab es doch so Kurse über Bronzegusstechniken, erinnerte er sich. Irgendein Künstler aus der Region bot die an. Vielleicht sollte er da mal teilnehmen.
Eine Falte des Kleides war etwas unsauberer. Er setzte einen kritischen Blick auf. Da hätte sich jemand aber doch noch

etwas mehr Mühe geben können, dachte er. Dann dachte er nichts mehr.

Eppel kam von seinem Kaffee zurück. Bärlauch hatte sich offenbar wieder gefangen, er saß jetzt weniger unruhig, auch sein Gerät hatte er zur Seite gelegt. Na gut, der würde schon wieder nervös werden.

Ein Jurist hätte vielleicht Zweifel bekommen, ob das nachfolgende Gespräch tatsächlich noch eine zulässige Zeugenvernehmung darstellte, oder ob der arme Künstler nicht doch ordnungsgemäß hätte belehrt werden müssen. Aber ein Jurist war nicht anwesend, Bärlauch hatte keine Ahnung von der Strafprozessordnung und Eppel interessierte sich mehr für Ergebnisse als für Formalitäten.

Nach einer Stunde hatte er ihn dann fast soweit. „Ich weiß, dass Sie einen Auftragsmörder angeheuert haben. Wir werden es beweisen. Besser, Sie gestehen gleich!" Der solchermaßen beschuldigte Zeuge schluckte mehrmals. Atmete tief. Schluckte wieder. Setzte zum Sprechen an. Da ging die Tür auf.

„Nicht jetzt!" Eppel tobte. Da wäre ganz sicher ein Geständnis gekommen! „Äh... Chef... Dringend. Und wichtig." Er hätte Woy auf der Stelle umbringen können, aber das hätte wieder Papierkram bedeutet. Also begleitete er seinen Assistenten auf den Flur.

„Eigse ist tot." – „Wer ist Eigse?" – „Chef!" Falten der Missbilligung lagen um Woys Augen. Ach ja, dieser nervige Technikfuzzy. „Wann? Wo? Wie?"

Vor einer Stunde. Gleicher Tatort. Erschlagen. Kopf auf Engel.

Das war ärgerlich. Sein Maiglöckchen hatte ein perfektes Alibi. Auch die Auftragskillertheorie ließ sich schwer aufrechterhalten. Welcher Killer bliebe einen ganzen Tag lang am Tatort? Und was immer der Täter gesucht hatte, jetzt war es weg.

Schweren Herzens ließ er seinen Verdächtigen laufen. Das hieß also: Soko einrichten, nochmal ausführlich alle Nachbarn befragen, Überwachungskameras auswerten. Am Ende irgendwelche DNA-Massentests. Wochenlange Arbeit, Überstunden, alles angefüllt mit reinen Fleißaufgaben, ohne kriminalistische Finessen. Und dann bestimmt auch noch einen aus Darmstadt vor die Nase gesetzt bekommen. Aber vielleicht konnte er ja den Staatsanwalt überzeugen, dass es sich tatsächlich nur um zwei wirklich unglückliche Unfälle gehandelt haben konnte. So wie er den kannte, war der auch nicht scharf auf Mehrarbeit.

Serenus Bärlauch konnte sich ein Grinsen nicht mehr verkneifen. Zuerst war da ja nur die Idee gewesen, neben die LEDs auch noch kleine Kameras einzubauen, mit denen er seine Tante beobachten konnte. Aber dann, eigentlich mehr als technische Herausforderung, hatte er sich entschieden, die Arme beweglich zu gestalten - mit einem starken Motor zu versehen und einem Akku. Und einem Mobilfunkanschluss, so dass er die Kamera und den Motor von seinem Tablet aus steuern konnte. War nicht ganz billig gewesen, aber manchmal muss man eben investieren. Und er hatte die Arme wirklich perfekt an den Körper angepasst. Er war sehr stolz auf sich.

Das magische Gemälde

Eline Koopmans (Pinneberg/Schleswig-Holstein)
Erster Preis (Alterskategorie 11 – 12 Jahre)

Wir, die Klasse 6c, waren auf Klassenfahrt auf Burg Breuberg. Heute stand eine Besichtigungstour durchs Museum bevor. Total Langweilig! Doch auf einmal fiel mir ein besonders schönes Gemälde auf. Darauf war der Odenwald mit einem kleinen Reh und einem Specht, welcher gerade an eine Kiefer einer Lichtung klopfte. Ich konnte nicht anders, ich berührte das Gemälde vorsichtig mit der Hand. Da durchzuckte ein Blitz meinen Körper und ich fühlte mich wie ein anderer Mensch. Doch ich war nicht erschrocken, ganz im Gegenteil, ich hatte das Gefühl, dass sich irgendetwas in mir verändert hatte.

Am nächsten Tag saßen wir gerade in der Burgschänke zum Abendessen, da geschah es: Jürgen Daniels, der Leiter, kam völlig aus dem Häuschen hereingestürzt.
„Das Odenwaldgemälde aus dem Museum wurde geklaut", rief er.
Alle sprangen sofort auf und stürzten in Richtung Museum.
Einen Moment brauchte ich, um mich umzusehen, doch dann sah ich es: Es war weg, nur der Nagel hing noch dran. Jürgen kam uns nach und raufte sich die Haare. Etwas Schreckliches war geschehen, das spürten wir alle.
Als wir am nächsten Morgen in den Speiseraum gingen, war Jürgen schon da. Er wedelte mit grimmiger Miene mit einem Blatt Papier herum: Ein Erpresserbrief.

Hallo Jürgen,
ich habe das Gemälde gestohlen. Die Besucher finden es bestimmt langweilig, in deinem Museum Bilder vom Odenwald zu sehen. Verkaufe die Burg lieber mir.
Keine Polizei!
Dein X

Eine Stunde später rannten wir völlig aufgelöst den Weg entlang und liefen durch den dichten, von Kiefern umgebenen Wald. Keiner sprach ein Wort. Es war eine unheimliche Stille. Dabei wussten wir alle, was zu tun war. Jürgen hatte uns die Vorgeschichte erzählt.

Er hatte einen Schulfreund, der Otto hieß. Früher waren sie gute Freunde gewesen, doch jetzt war Otto eifersüchtig auf Jürgen, weil er sehr viel Geld verdiente mit seiner Jugendherberge. Er hatte ihm schon oft den Vorschlag angeboten, die Burg zu kaufen und immer hatte Jürgen abgelehnt. Otto wohnte in einer einsamen Hütte im Wald. Wir mussten sie nur noch finden. Doch das war schwerer als gedacht.

Immer wieder mussten wir uns durch dichtes Gestrüpp kämpfen. Und immer wieder kam es uns vor, als würden wir beobachtet werden.

Auf einmal schrie ich auf.

Der Busch bewegte sich!

Auch die anderen wurden nun aufmerksam. Plötzlich kam ein Mann aus dem Gebüsch gesprungen. Und – uns allen stockte der Atem – in der Hand hielt er eine Pistole.

„Otto!", rief Jürgen grimmig.

„Hallo Jürgen", antwortete dieser.

Er hatte eine laute, drohende Stimme, die uns durch Mark und Bein ging. Dann knallte es einmal und der Heimleiter fiel zu Boden. Wir stürzten zu ihm hin. Er rührte sich nicht! Wir starrten Otto an. Er hatte Jürgen erschossen. Otto nutzte unseren Schreck gnadenlos aus – er ließ ein großes Netz auf uns herabsinken. Ich fiel hin. Benommen sah ich gerade noch, wie er uns zu einer alten Schubkarre zog. Dann verlor ich das Bewusstsein.

Ich träumte, dass ich in einer Hütte war. Alles war dunkel. Doch auf einmal sah ich ein Licht. Ein smaragdgrüner Diamant leuchtete vor meinen Augen und verschwand in einer Holztruhe. Dann wurde es hell und ich ging in den Wald. Es sah genauso aus wie auf dem Gemälde.

Ich schlug die Augen auf. Alles war schwarz. Ich wusste nicht, wo ich war. Doch da fiel mir alles wieder ein und ich hoffte inständig, dass alles nur ein Traum war... warte mal: Traum!

Beim Aufwachen erinnerte ich mich an alles aus diesem seltsamen Traum. Dann ging das Licht an und ich merkte, dass wir in einer Hütte waren. Und in der Ecke stand eine Holztruhe. Alles war, wie in meinem Traum. Nun erwachte auch der Rest meiner Klasse. Ich schielte zur Holzkiste hinüber und wollte gerade aufstehen und sie öffnen, da kam Otto zur Holztür herein.

„Hallo Kinderchen", sagte er höhnisch zu uns und zog einen Schlüssel aus der Jackentasche. „Ihr bleibt schön hier drinnen, bis ich die Leiche vergraben und die Burg gekauft habe. Dann holt euch hier bestimmt jemand raus."

Mit diesen Worten ging Otto zur Tür hinaus und schloss sorgfältig ab.

„Und nun?", wollte Lucas wissen.

Auf diese Frage fingen alle an, wild durcheinander zu sprechen. Nur ich verhielt mich auffallend still und überlegte. Ich war in einer dunklen Hütte gewesen. Und bevor alle wach wurden, war ich ja sozusagen allein gewesen. Mir fiel die Holzkiste wieder ein. Ja, das war die Lösung! Wenn alles wie in meinem Traum angefangen hatte, warum müsste es dann nicht auch so enden? Voller Hoffnung schrie ich: „Ruhe! Ich habe eine Idee."

Alle verstummten und schauten mich erwartungsvoll an. Und ich begann zu erzählen: Von meinem Traum bis zu dem Moment, als Otto gegangen war.

„Meinst du wirklich, das funktioniert?", fragte Luise zweifelnd.

„Smaragdgrüner Diamant, dass ich nicht lache!", spottete Filip.

Ich ignorierte ihn und ging hinüber zur Holztruhe.

Mit angehaltenem Atem hob ich den Deckel hoch. Zum Vorschein kam ein Tresor.

Der Rest der Klasse war bereits dazugekommen. Alle standen dichtgedrängt um die Truhe herum und warteten gespannt. Sogar Filip. Aber der Tresor war abgeschlossen und den Schlüssel hatte Otto bestimmt mitgenommen.

„Oh bitte, geh endlich auf!", flehte ich.

Nichts passierte.

„Los, macht mit! Nur so kann es klappen", flüsterte ich den anderen zu.

Diese zögerten. Dann begannen sie, mit mir zu flehen. Und dann geschah ein Wunder! Der Tresor ging auf und ein smaragdgrüner Diamant schwebte heraus. Er drehte sich dreimal um die eigene Achse. Wir schlossen die Augen und hatten plötzlich das Gefühl, zu fliegen.

Als wir die Augen wieder aufmachten, befanden wir uns im Wald. Verblüfft schauten wir uns um. Plötzlich rief Klara: „Wie süß, ein Reh!"

Da sah ich es auch. Es sah haargenau so aus wie das in meinem Traum. Als das Reh uns sah, verschwand es erschrocken im Dickicht. Anschließend gingen wir weiter, bis zu der Lichtung, wo ich den Specht gesehen hatte. Da sahen wir auch ihn. Majestätisch flog er über dem Wald. Er machte den Schnabel auf. Und diesmal hörte ich es klar und deutlich.

„Ihr müsst Otto in eine Falle locken. Wenn ihr damit fertig seid, müsst ihr rufen: Otto ist gefangen, Jürgen muss zu uns gelangen", mit diesen Worten verschwand er wieder hinter den Baumwipfeln. Niemand wunderte sich, dass wir ihn verstehen konnten. Jetzt, nach meinem Traum, war alles möglich. Die eigentlichen Fragen waren nun: Wie konnten wir Otto in die Falle locken? Und: Wo war er eigentlich?

Plötzlich rief Nils: „Natürlich, das Reh! Von allen Sachen, die im Traum vorgekommen sind, hat uns nur das Reh nicht weitergeholfen!"

Wir sahen uns kurz an. Dann wussten wir, was zu tun war. So schnell wir konnten, rannten wir zu der Stelle, an der wir das Reh gesehen hatten.

Vorsichtig gingen wir zu der Stelle, an der es verschwunden war. Und tatsächlich: Dort war eine Falle, mit Blättern zugedeckt. Somit wäre die erste Frage beantwortet. Bleibt nur noch die zweite.

„Wir legen uns auf die Lauer!", rief Lucas.

Jeder suchte sich ein Versteck.

Ich kroch hinter einen dichten Busch, der leider ein Brombeerstrauch war. Ich biss die Zähne zusammen und blieb ganz ruhig. Wir hatten einen Plan – und er musste einfach klappen. Doch wir mussten sehr lange warten, als tatsächlich jemand den Weg entlang gestapft kam.

Otto! Er pfiff ein Liedchen vor sich hin. Da erklang der Kauzschrei von Lucas. Das war das Startsignal. Wir fingen an, wie verrückt zu brüllen. Es funktionierte – Otto blieb stehen und sah sich um.

„Euch Idioten werde ich es zeigen!", schrie er und verschwand im Gebüsch. Doch es war der falsche Weg. Es war ein Brombeerstrauch. Und ich steckte darin. Weglaufen war zwecklos. Denn Otto hatte mich bereits gesehen.

„Da bist du ja, Bürschchen", zischte er.

Ich hatte Angst vor diesem Typen, dessen Augen vor Wut Blitze schlugen. Dann hatte ich einen Einfall. Ich nahm all meinen Mut zusammen und rannte los. In Richtung Falle. Otto stürzte hinterher und war kurz davor, mich zu kriegen. Doch kurz vor dem Gebüsch sprang ich zur Seite und Otto stürzte in die Falle.

Alle kamen zu mir gestürzt und beglückwünschten mich. Dann riefen wir alle zusammen: „Otto ist gefangen, Jürgen muss zu uns gelangen!"

Nichts passierte.

Auf einmal aber teilte sich das Gebüsch und das Reh kam heraus. Und auf seinem Rücken saß jemand – Jürgen!

Einige Stunden später saßen wir alle in der Burgschänke. Und erzählten die Geschichte. Wir waren müde, aber glücklich. Otto saß im Gefängnis. Jürgen hatte die Polizei angerufen.

Plötzlich durchzuckte ein Blitz meinen Körper. Ich stand wieder vor dem Gemälde. Das Reh im Wald. Der Specht. Die Lichtung. Nichts von dem war schon passiert und ich – ich musste den Mord verhindern.

Die Kunst der Asseln

Clemens Behrouzi (Darmstadt/Hessen
Erster Preis (Alterskategorie 13 – 15 Jahre)

So hatte er sich das nicht vorgestellt, es wäre das Geschäft seines Lebens gewesen.

Monsieur Cloporte, der, wie sein Name schon sagt, Assel-dresseur ist, stand im Louvre vor der Mona Lisa und starrte auf das alte Gemälde. Da hing sie und grinste hämisch auf ihn herab. 150 Millionen hatte Carlos, der kolumbianische Drogenboss, ihm dafür geboten. Es wäre ein genialer Coup gewesen. Gestern hatte er seine fünf besonders ausgebildeten Eliteasseln zusammen mit einer Hundertschaft einfacher Trägerasseln in den umge-schlagenen Hosenbeinen seiner Jeans in den Louvre geschmuggelt und unter einer Besucherbank versteckt. Die fünf Eliteasseln sollten das Bild in der Nacht, von der Licht-schranke unbemerkt, von der Wand stoßen. Und das Gemälde sollte dann von der Hundertschaft Trägerasseln wieder unter der Besucherbank ver-staut werden. Er hätte es am nächsten Tag nur noch beim Schuhe binden vor der Besucherbank einsammeln müssen, unter seinen Pulli schieben und wäre reich gewesen. Und jetzt das. Hier hing sie, die Mona Lisa und grinste. Und von seinen Asseln fehlte jede Spur. Dabei war insbesondere auf die Eliteasseln unbedingt Verlass. Etwas Schreckliches muss-te passiert sein. Sorgenvoll zog er die Stirn in Falten.

Sein Blick fiel auf den unteren Bildrand und er stutze. War das ein Hinweis? Waren das Spuren im Staub? Er ging ein Stück näher an das Bild heran, um es besser erkennen zu können. Tatsächlich, da war etwas in den Staub gedrückt. Dass die Mona Lisa, um das alte Gemälde nicht zu beschä-digen, nicht täglich abgestaubt wurde, konnte wirklich ein Glücksfall sein. Er kniff die Augen zusammen. Dazu muss man wissen, dass Teil der Eliteassel-Ausbildung ist, durch gezielte Purzelbäume mit den Rillen auf dem Assel-rücken Nachrichten, ähnlich einem Strichcode, auf Ober-flächen zu hinterlassen. Abgeleitet vom Morsealphabet bedeuteten lange und kurze Striche im Wechsel unterschiedliche Buchstaben. Cloportes Herz machte einen Sprung. Ganz eindeutig, sie hatten ihm eine Nachricht hinterlassen! Ein genervtes Räuspern riss ihn aus seinen Überlegungen. Eine Museumsaufsicht mit strengem Blick und verschränkten Armen stand neben ihm und forderte ihn mit einem Kopfnicken auf, sich weiter vom Bild zu entfernen. Zerstreut nickend ging er ein paar Bilder weiter. Da war eine Nachricht gewesen. Ganz eindeutig. Nur, was hatten sie ihm mitteilen wollen? Wurden sie entführt? Oder eingesaugt? Verstohlen schaute er sich nach der Aufsicht um. Sie war verschwunden. Er schlenderte zurück zur Mona Lisa und machte sich weiter daran, die Nachricht zu entschlüsseln. Cloporte kniff die Augen zusammen. „Tür zu", stand da und „Anschlag, alle tot". Cloporte wurde schwindelig. Was war da passiert? Sein Blick fiel auf die Fußleiste vor ihm. Asselspuren, ganz eindeutig. Sie führten nach rechts. So unauffällig wie möglich folgte er der Spur. Sie führte den Ausstellungsgang hinunter und verschwand hinter einer Tür mit der Aufschrift „Kunstwerkstatt". Cloporte sah sich ver-stohlen um. Wurde er beobachtet? Nein. Vorsichtig drückte er die Klinke hinunter. Die Tür sprang auf. Hastig blickte er sich im Raum um. Es roch beißend nach Farbe. Überall lagen Malutensilien herum. In der Mitte des Raumes lag ein großes rechteckiges Brett auf dem Boden. Alles soweit unauffällig. Cloporte kratzte sich am Kopf. Wohin waren die Asseln verschwunden? Da kam ihm eine Idee. Wenn im Staub auf dem Gemälde Asselspuren waren, dann musste, was auch immer passiert war, eine seiner Eliteasseln zum Bild zurück gekehrt sein, um ihm die Nachricht zu hinterlassen. Er verließ die Kunstwerkstatt, schloss vorsichtig die Tür und lief, so unauffällig wie möglich, zur Mona Lisa zurück. Wo konnte sich die Eliteassel versteckt halten? Immer da, wo wir uns zuletzt gesehen haben, hatte er ihnen eingeschärft. Das war der Spalt unter der Besucherbank. Er ließ eine 10 Cent-Münze aus der Tasche fallen und schoss sie mit der Schuhspitze unter die Besucherbank, an der er am Vortag die Asseln abgesetzt hatte. Dann lief er zur Bank, hob sie an und präsentierte der kritisch blickenden Museumsaufsicht mit einem entschul-digenden Lächeln die Münze. Dass zwischenzeitlich eine kleine Assel an Cloportes Schnürsenkel hinauf und in dessen umgeschlagenes Hosenbein geklettert war, hatte die Aufsicht nicht bemerkt, der Cloporte mehr und mehr verdächtig vorkam. Dieser hielt sich nun den Bauch und eilte mit gequältem Blick zur Toilette. Dort schloss er sich ein, setzte sich auf den geschlossenen Toilettendeckel und zog eine kleine Blechkiste mit Sand aus der Hosentasche, die er zur Asselverständigung immer bei sich trug. Sachte tastete er in seinem umgeschlagenen Hosenbein, hob behutsam das kleine, zitternde Tierchen vor sein Gesicht und strich ihm zärtlich über den Rücken. Sein treuer Adalbert! Auf ihn war Verlass. Sachte setzte er die Assel in das Sandkistchen, worauf Adalbert sofort damit anfing, wild Purzelbäume im Sand zu schlagen, um damit die speziellen Assel-Schriftzeichen darin zu erzeugen. Cloporte verfolgte seinen Bericht mit angehaltenem Atem.

Danach war es den Asseln nach Museumsschluss unter der Besucherbank langweilig geworden. Um die Zeit bis zu ihrem Einsatz zu überbrücken, hatten sie beschlossen, eine Polonaise auf der Fußleiste zu veranstalten. Und so waren sie, praktisch im Assel-Gänsemarsch, auf der Fußleiste entlang bis in die zum Lüften geöffnete Kunstwerkstatt gelaufen. Adalbert, der den hinteren Abschluss der Polonaise bilden sollte, nutzte die Gelegenheit, kurz für kleine Asseln zu verschwinden. Als er sich dem Zug wieder anschließen wollte, war dieser bereits komplett in der Kunstwerkstatt verschwunden und ein Luftzug hatte die Tür zufallen lassen. Adalbert, der eine eher rundliche Assel war, konnte nur durch den Spalt unter der Tür beobachten, was im Raum vor sich ging. Die Assel-Polonaise war immer wilder geworden. Im Raum war ein gerade begonnenes Bild auf einer Staffelei aufgestellt, daneben eine Farbpalette mit noch nicht getrockneten Farben. Die Assel-Polonaise verlief irgendwann unter wildem Asselgekicher durch alle Farben, kreuz und quer über das Bild und wieder zurück. Das ganze Bild war wild von Assel-Fußabdrücken in allen Farben bedeckt. Dann hatte Adalbert plötzlich ein gespenstisches Heulen und kurz darauf eine Stimme gehört. Es war der Geist Leonardo da

Vincis, der zu den Asseln sprach: die Mona Lisa einem gieri-
gen Drogenboss zu verkaufen, sei ein Unding. Das Gemälde
müsse unter allen Umständen im Louvre und damit der Öffentlichkeit zugänglich bleiben. Und damit stieß der Geist
das Assel-Bild, auf dessen Mitte die Assel-Polonaise wie ein-
gefroren stehen geblieben war, mit einem lauten Krachen zu
Boden. Keine der fröhlichen Asseln überlebte. Ein Assel-
tränchen rollte über Adalberts Wange. Cloporte schluckte
schwer. Er strich Adalbert wieder über den Rücken, setzte
ihn zurück in den Umschlag des Hosenbeins und machte
sich auf den Weg zurück zur Kunstwerkstatt.

Er hob das in der Mitte des Raumes liegende Brett mit zittrigen Fingern an und schaute darunter. Es bot sich ihm ein
grausiger Anblick. Das Brett war übersät mit einem wilden
Durcheinander aus Farbe und erschlagenen Asseln. Bunte
Spuren winziger Füße, durchsetzt mit silbrigen Assel-leibern.
Ein farbiger Asselfriedhof. Starr vor Schreck blickte er auf
das Brett.

In diesem Moment stürmte der Leiter der Kunstwerkstatt in
den Raum. Mit einem Schrei der Begeisterung stürzte er sich
auf den verdatterten Cloporte und schlug ihm auf die Schulter. „Wundervoll, mon amie! Genau so habe ich es mir vorgestellt. Très bien!". „Aber ich habe doch nur...", wollte
Cloporte einwenden. „Mais oui, mein Lieber. Ich weiß. Sie
sind den ersten Tag von der Kunstakademie in Brest hier
und haben gleich den renommierten Louvre-Wettbewerb
gewonnen. Damit muss man erst mal umgehen. Aber mit
diesem Meisterwerk haben Sie es wahrlich verdient!". Auch
wenn Cloporte sicher war, dass es sich um eine Verwechs-
lung handeln musste, rang er sich ein gequältes Lächeln ab.
„Vite, vite, mein Lieber, wir wollen die Presse nicht warten
lassen. Mit diesem Meisterwerk werden Sie auf der Auktion
im Herbst Höchstpreise erzielen." Und damit zog er den
leicht zerzausten Cloporte samt Bild zur Tür hinaus und
hinunter ins Foyer des Louvre, wo sich bereits einige Presse-
vertreter die Zeit mit Kartenspielen vertrieben.

Auf keinem der Fotos, die später an die Presseagenturen in
aller Welt verschickt werden sollten, war der kleine Adalbert
zu sehen, der die Asselvorderbeinchen verschränkt auf dem

umgeschlagenen Hosenbein Cloports lehnte und das Spektakel mit aufgerissenen Augen verfolgte.

Sollte Ihnen also im Büro Ihres Chefs oder Bürgermeisters ein großformatiges Bild mit farbigen Spuren und silbrigen, erhabenen Punkten auffallen, könnte es sein, dass dieser auf einer Kunstauktion in Paris für viel Geld einen Asselfriedhof gekauft hat.

Der Fluch der späten Reue

Anton Wolf (Erbach i. Odw./Hessen)
Erster Preis (Alterskategorie 16 – 17 Jahre)

Sein Blick schweifte durch den dunklen Gang. Imposante weiße Marmorsäulen stützen die hohe Decke. Zwischen ihnen waren große gläserne Fenster eingelassen, durch welche der Mond sein fahles Licht scheinen ließ. Dies war die einzige Lichtquelle, die John half sich in dem Flur zu orientieren. Johns Blick fiel auf seine Hand. Er stutze und hätte beinahe vor Schreck aufgeschrien. Blut tropfte aus einem großen Schnitt, der quer über seine gesamte Handfläche verlief. „So ein Mist!", murmelte er. Er dreht sich um und blickte zu dem Fenster am anderen Ende des Ganges. Glasscherben lagen wild verstreut davor, draußen wütete ein Sturm. Ein kalter Windzug kam durch das große Loch in der Scheibe und ließ die langen alten Vorhänge vor dem Fenster gespenstisch umher tanzen. „Ich muss mich an der Scheibe geschnitten haben", sagte sich John, „davon darf ich mich jetzt aber nicht aufhalten lassen. Nicht jetzt, wo ich schon so weit bin." Langsam schritt er weiter auf die große hölzerne Tür zu. Nun bemerkte er ein kleines goldenes Blechschild, welches neben der Tür angebracht war. „Dr. Sopenio Tuglus - Experte für Geisterrituale und Geister-befreiung" stand darauf. John atmete tief ein. Jetzt war es soweit, er hatte sein Ziel erreicht.

Langsam merkte er, wie sein Herz immer stärker anfing zu schlagen und erste Schweißperlen sammelten sich auf seiner Stirn. „Ich kann das nicht!", Johns schlechtes Gewissen plagte ihn immer stärker. Doch es gab kein Zurück mehr. Er legte seine Hand vorsichtig auf die in Gold schimmernde Klinke der Tür und drückte sie langsam und leise herunter. Vorsichtig zog er die Tür etwas auf, sodass ein Spalt entstand, durch den er blicken konnte.

Im Inneren befand sich ein Zeremonienraum, Geisterbeschwörer waren damit beschäftigt, ihr Ritual durchzuführen. Im Kreis standen 7 Personen um einen kleinen Tisch herum. Darauf befanden sich sechs Kerzenständer, die miteinander durch ein rotes Band verbunden waren. Die brennenden Kerzen warfen ein unheimliches Flackern in den Raum. John erkannte die Form, die das Band bildete, sofort. Es war ein Hexagramm, ein sechseckiger Stern, ein Zeichen für schwarze Magie. Es diente als Schutzsymbol gegen Dämonen und Geister aus dem Jenseits. Doch viel interessanter für John war das, was sich unter dem Band auf dem Tisch befand: Es war ein Bild. Darauf zu sehen waren zahlreiche dürre Gestalten, die aussahen wie Skelette. Sie tanzten um ein Feuer, welches sich in einem giftgrünen Schweif über die Bildmitte ausbreitete. Im Flackern der Kerzen sah es so aus, als ob sich die Figuren bewegten. Es schien, als würden sie tanzen, was das Bild noch unheimlicher machte. John schauderte es. Das war das sogenannte „Bild der Reue" und der eigentliche Grund weshalb er hier eingebrochen war.

Nun begannen die Geisterbeschwörer in einen mystischen Gesang zu verfallen. "Das ist meine Chance", schoss es John durch den Kopf. Mit seiner verschwitzten Hand griff er in seine Tasche und zog vorsichtig die Pistole heraus, die er von dem Mann zugesteckt bekommen hatte. „Du hast nur einen Schuss, also leg es nicht darauf an", hatte der Mann ihm noch beim Abschied zugeflüstert. John holte tief Luft, umklammerte die Klinke und riss die Tür auf. „Hände hoch und keine Bewegung!", brüllte er aus voller Kehle. Die Geisterbeschwörer erschraken und sahen John an, als wäre ihnen nun wirklich leibhaftig ein Geist erschienen. „Na, wird´s bald!", John zitterte und hatte Mühe nicht aus Versehen den Abzug durchzudrücken. Nun hoben die ersten Beschwörer langsam ihre Hände. Alles lief nach Plan. John schritt vorsichtig auf das Gemälde zu. Widerstandslos machten ihm die Personen Platz. Doch gerade als John sich seines Erfolgs sicher war, trat ihm plötzlich ein kleiner rundlicher Mann in den Weg. Er hatte einen weißen Mantel an und unzählige Ketten um den Hals, an denen viele mysteriöse Skulpturen hingen. „Das musste Dr. Sopenio Tuglus sein", dachte John. „Junge, du begehst einen großen Fehler", sagte dieser ganz ruhig, aber bestimmt, „du darfst das Bild nicht stehlen. Es ist verflucht. Jedem der es an sich reißen will und es in seinen Besitz nimmt, ohne dass es ihm auf legalem Weg zukommt, wird furchtbares Unheil widerfahren".

Zunächst war John vom unerwarteten Eingreifen des Doktors überrascht, doch dann sammelte er sich wieder. „Netter Versuch alter Mann, aber auf deine Tricks falle ich nicht rein", John lachte. Er ging zum Tisch und räumte die Kerzen mit dem Band beiseite. Er hatte es geschafft. Er nahm das Bild und klemmte es sich unter den Arm: „Keine Polizei die nächste halbe Stunde! Habt ihr verstanden?"
Die Personen im Raum nickten vorsichtig. John drehte sich um und rannte los. Immer schneller, denn er wollte einfach nur noch weg. Er rannte auf die Haustür zu, riss sie auf und sprintete weiter durch den Garten bis zu seinem Auto. Er schmiss das Gemälde auf den Beifahrersitz, drehte den Schlüssel um und sauste davon. „Und das alles für 500 Euro", murmelte er nachdenklich. „Ich hätte mich nie darauf einlassen sollen."

In Gedanken durchlief John das letzte Jahr. Eigentlich hatte alles so gut angefangen. Nach etlichen Bewerbungen hatte er endlich einen Job in einem kleinen Museum angeboten bekommen. Er war als Kassierer angestellt, dessen spannendste Aufgabe darin bestand, Tickets zu verkaufen. Er verdiente nicht viel, aber es war immerhin ein Anfang. Ein Anfang, auf den er so lange gewartet hatte. Sein Leben war bis dahin sehr unglücklich verlaufen. Seine Eltern waren bei einem Autounfall ums Leben gekommen. Er wuchs im Kinderheim auf und musste dort die Unterdrückung und Gemeinheiten der Größeren ertragen. Die Schule hatte er nie abgeschlos-sen und musste sich immer mit Aushilfstätigkeiten über Wasser halten. Und dann bekam er diesen Job. Er erinnerte sich noch genau an den ersten Tag hinter der Kasse. Plötzlich fühlte sich alles so frei und offen an. Kurzum, er hatte end-lich das Gefühl, am gesellschaftlichen Leben teil-nehmen zu können. Doch dann kam dieser Tag, der alles wieder verän-dern sollte. Der Museumschef kam auf ihn zu und machte ein sehr trauriges Gesicht. Es war jener Tag, an dem John erfuhr, dass das Museum mit einem anderen Museum in der Nachbarstadt zusammengelegt werden sollte und somit sein Arbeitsplatz ab dem kommenden Monat gestrichen war. Plötzlich war er wieder ganz unten. Schon lagen die ersten Mahnungen in seinem Briefkasten, dann wurde ihm der Strom abgedreht, später noch die Heizung und bald würde er seine Wohnung verlieren. Er brauchte dringend Geld.

Als er an einem verregneten Donnerstag wieder auf dem Weg zum Arbeitsamt war, holte ihn plötzlich von hinten ein Mann im dunklen Anzug ein: „John! John! Bleib doch mal stehen!" Erst reagierte John gar nicht auf die Rufe, doch plötzlich tippte der Mann ihn von hinten an und es entwickelte sich ein verhängnisvolles Gespräch. „Du bist doch John, oder?", fragte der Fremde, „Ja, das ist mein Name, aber...", stammelte John. „Perfekt! Ich suche dich schon die ganze Zeit. Ich weiß, dass du aktuell ein paar finanzielle Probleme hast und ich hätte vielleicht etwas, das dich interessieren könnte", erläuterte der seltsame Mann. „Aber woher wissen Sie das?", wollte John wissen. Er war ziemlich verwirrt. „Das tut nichts zur Sache. Ich mache dir ein Angebot. Ich suche seit Jahren ein spezielles Bild: das Bild der Reue. Du kennst es doch, oder?" „Ja natürlich! Im Museum habe ich des Öfteren davon gehört. Aber das Bild ist seit Jahren verschollen." „Das ist nur die halbe Wahrheit. Das Bild ist zwar verschollen, aber ich weiß wo es ist und ich biete dir 500 Euro, wenn du mir das Bild, sagen wir mal, BESORGST", der Mann sah John sehr eindringlich an. „Ich soll es klauen?", John war zunächst total entsetzt von dieser Forderung, doch als er sich es genauer überlegte - schließlich brauchte er das Geld sehr dringend.

Und jetzt war er hier, mit dem Bild auf dem Weg zum Treffpunkt, um es dem Fremden zu übergeben. Doch er bereute bereits was er getan hatte. Für lächerliche 500 Euro wäre er bereit gewesen, die Waffe zu gebrauchen. Johns Gedanken drehten sich plötzlich im Kreis und ihm wurde klar, dass er umkehren musste. Er würde das Bild zurück-geben und versuchen, einen ehrlichen Weg für einen Neuanfang zu finden.

Er war froh über seine Einsicht und so sehr in seine Gedanken versunken, dass er die rote Ampel nicht bemerkte. Der LKW krachte mit voller Wucht in sein Heck und er wurde quer über die Kreuzung katapultiert. „Wie ungerecht das Schicksals doch sein kann", dachte John, kurz bevor sein Wagen frontal in der Wand eines Geschäftshauses einschlug. Dann verlor er für immer das Bewusstsein.

Als die Einsatzkräfte am Wrack ankamen, konnte nur noch der Tod des Fahrers festgestellt werden. Von der Fassade des Geschäftshauses hatte sich durch die Wucht des Aufpralls eine Leuchtreklame gelöst. Sie war auf das Dach des Fahrzeugs gefallen. Die Rettungshelfer wunderten sich über die Delle, welche die Reklame dort hinterlassen hatte. Sie hatte die Form eines Hexagramms.

Autorenliste

Nominierte Preisträger*innen
des Erwachsenen-Schreibwettbewerbes: (alphabetisch sortiert)

Wiebke Behrouzi (Darmstadt/Hessen), geb. 1975, Dipl. Finanzwirtin. Hobbys: Musik, insbesondere Kontrabass und Gitarre spielen, Wandern. Lieblingsbücher: Kluftinger-Reihe. Lieblingsautoren: Volker Klüpfel, Michael Kobr.

Arno Endler (Beulich/Rheinland-Pflalz), geb. 1965, im öffentlichen Dienst tätig. Hobbys: Schreiben und Lesen. Lieblingsbücher: Viel zu viele. Lieblingsautoren: Paul Auster, Haruki Murakami, Markus Orths, Juli Zeh.

Jess Geiger (Dinslaken/Nordrhein-Westfalen), geb. 1965, Dipl. Sozialarbeiterin, Lerntherapeutin. Hobbys: Schreiben, Kunst, Gärtnern. Lieblingsautoren: Robert Fulghum, Matthias Reuter, Horst Evers, Deutsche Kriminalauren wie Ingrid Noll und Sabine Deitmer.

Preisträger des Jugend-Schreibwettbewerbes:

Erster Preis (Altergruppe 11 – 12 Jahre)
Eline Koopmans (Dinneberg/Schleswig-Holstein), geb. 2008. Hobbys: Basteln, Lesen. Lieblingsbücher: Reihe „Schule der magischen Tiere". Lieblingsautorin: Margit Auer.

Erster Preis (Altersgruppe 13 – 15 Jahre)
Clemens Behrouzi (Darmstadt/Hessen), geb. 2005. Hobbys: Posaune, Zeichnen, Tennis, Fußball, Comics. Lieblingsbücher: Erebos, Känguru-Chroniken. Lieblingsautor: Marc-Uwe Kling.

Erster Preis (Altersgruppe 16 – 17 Jahre)
Anton Wolf (Erbach i. Odw./Hessen), geb. 2003. Hobbys: Schreiben, Lesen, Schwimmen, Wandern. Lieblingsbuch: Drei ???. Lieblingsautor: André Minninger.

Weitere Autorinnen und Autoren in alphabetischer Reihenfolge:

Anja Balschun (Koblenz/Rheinland-Pfalz), geb. 1966, Pensionärin. Hobbys: Lesen, Singen, Gartenarbeit. Lieblingsbuch: Die volle Wahrheit. Lieblingsautor/in: Terry Pratchett, Elizabeth George.

Allegra Celine Baumann (Höchst i Odw./Hessen), geb. 1990, Soziologin. Hobbys: Schreiben, Lesen, Wandern. Lieblingsbücher: Sherlock Holmes Romane u. Erzählungen. Lieblingsautor: Sir Arthur Ignatius Conan Doyle M.D.

Brigitte Karin Becker (Walldorf/Baden Württemberg), geb. 1959, Systemanalytikerin. Hobbys: Zeichnen, Schreiben, Frachtschiffreisen. Lieblingsbuch: Das Wrack am Falkensteiner Ufer. Lieblingsautoren: Erich Kästner, Jürgen Rath.

Dirk-Uwe Becker (Linden/Schleswig-Holstein), geb. 1954, Dipl.-Ing. der Nachrichtentechnik in Rente. Hobbys: Archäologie, Bücher, Autoren, Kultur(en), Kunst, Schreiben. Lieblingsbücher: Leviathan, Siebentürmeviertel. Lieblingsautoren: Arno Schmidt, Feridun Zaimoglu.

Martina Berscheid (Homburg/Saarland), geb. 1973, Dipl.-Biologin, derzeit Mitarbeiterin Reformhaus. Hobbys: Schreiben, Lesen, Natur und ihre Hunde. Lieblingsbücher: Nullzeit, Schatten der Toten. Lieblingsautorinnen: unter anderem Juli Zeh, Melanie Raabe, Elisabeth Herrmann.

Sonja Bethke-Jehle (Bensheim/Hessen), geb. 1984, Sachbearbeiterin Zahlungsverkehr. Hobbys: Schreiben, Lesen, Escape Room Spiele. Lieblingsbuch: Harry Potter. Lieblingsautor/in: Diverse.

Ulrich Borchers (Flensburg/Schleswig-Holstein), geb. 1961, Verwaltungsangestellter. Lieblingsbuch: Mit brennender Geduld. Lieblingsautor: Terry Pratchett.

Hedda Brinkmann (Heilbronn/Baden-Württemberg), geb. 1945, Rentnerin. Hobbys: Lesen und Schreiben. Lieblingsbücher: Harry Potter, Fortunas Tochter. Lieblings-autorin. Lieblingsautor/in: Isabelle Allende, Gabriel García Márquez.

Ferdinand Delcker (Berlin), geb. 1978, Musiker. Hobbys: Spazierengehen, Kochen, Lesen, Zeit mit dem kleinen Sohn. Lieblingsbücher: The Moon and Sixpence, Der Kater. Lieblingsautoren: William Somerset Maugham, Jo Pestum.

Kim Kirsten Egler (Neckarbischofsheim/Baden-Württemberg), geb. 1998, Studentin. Hobbys: Lesen, Schreiben, Singen, Malen, Hörbücher und Podcasts hören. Lieblingsbücher: Izara, Endgame-Trilogie. Lieblingsautorin: Sabaa Tahir.

Anke Elsner (Münster/Nordrhein-Westfalen), geb. 1956, Dozentin, Schriftstellerin. Hobbys: Schreiben, Lesen, Fahrradfahren, Wandern, Camping. Lieblingsbücher: Im Namen der Rose, 16:50 Uhr ab Paddington. Lieblingsautorin: Agatha Christie.

Thomas Friedt (Wolfhausen/Schweiz), geb. 1963, Musiklehrer. Hobbbys: Alles Kreative. Lieblingsbuch: Gespräche mit Gott. Lieblingsautor: Michael Conelly.

Nicole Geier (Tübingen/Baden-Württemberg), geb. 1995, Studentin M.A. Medienwissenschaft. Hobbys: Lesen, Schreiben, Sport - Boulden, Klettern, Yoga....Lieblingsbuch: Mein Leben basiert auf einer wahren Geschichte. Lieblingsautorin: Joanne K. Rowling.

Oliver Graf (Erlangen/Bayern), geb. 1970, Angestellter. Hobbys: Literatur, Musik, Sport. Lieblingsbuch: Die Pest. Lieblingsautor: Albert Camus.

Isabell Hemmrich (Kirchroth/Bayern), geb. 1985, freischaffende Lektorin. Hobbys: Lesen, Filme, Kochen. Lieblingsbuch: Der Golem. Lieblingsautoren: Gustav Meyrink, Edgar Allan Poe.

Helen Leimer (Bettlach/Schweiz), geb. 1987, Sachbearbeiterin. Hobbys: Imkerin, Lesen, Laufen, Wandern. Lieblingsbücher/Lieblingsautor/in: Es gibt so viele gute Bücher und Autor*innen, Festlegung unmöglich.

Stefan Link (Mengerskirchen/Hessen), geb. 1972, Steuerberater. Hobbys: Radfahren, Schreiben. Lieblingsbuch: Die Bibel nach Biff. Lieblingsautor/in: Das schwankt.

Monika Loerchner (Warstein/Nordrhein-Westfalen), geb. 1983, Schriftstellerin, Redakteurin und Mutter. Hobbys: Lesen, Schreiben, Hundedame Ayla, Musik, Filme, Sport. Lieblingsbuch: Weitseher-Saga. Lieblingsautoren: Val McDermid, Tamora Pierce, Ken Follett, Alexander McCall Smith, Tana French, Tess Gerritsen, Robin Hobb.

Inga Nowag (Rennerod/Rheinland-Pfalz), geb. 1984, Notfallsanitäterin. Hobbys: Nähen, Lesen, ehrenamtliche Tätigkeit. Lieblingsbuch: Die Schattenschwester. Lieblingsautorin: Lucinda Riley.

Uwe Patzwahl (Berlin), geb. 1949, Dipl. Ingenieur in Rente. Hobbys: Segeln, Golf, Lesen, Schreiben. Lieblingsbuch: Schweigeminute. Lieblingsautor: Siegfried Lenz. Erster Preisträger 2016.

Stephan Reinbacher (Eltville/Hessen), geb. 1964, Journalist. Hobbys: Schreiben, Lesen, Klavier- und Gitarre spielen, Reisen, Fotografieren. Lieblingsbücher: Sehr viele, aktuell: Der Gesang der Flusskrebse. Lieblingsautor/in: Sehr viele, aktuell: Delia Owens.

Ingrid Reidel (Weinheim/Baden-Württemberg), geb. 1960, Erzieherin. Hobbys: Klassische Musik und Konfekt. Lieblingsbuch: Mord im Orient-Express. Lieblingsautorin: Agatha Christie.

Dorothee Schnarr (Lützelbach i. Odw./Hessen), geb. 1954, Freischaffende Künstlerin – Malerin. Hobbys: Billard, Laufen, Lesen. Lieblingsbuch: Die geliehene Schuld. Lieblingsautorin: Claire Winter.

Sabine Schrader (Porto Cristo Novo/Spanien), geb. 1964, Übersetzerin. Hobbys: Kunst und Sport. Lieblingsbücher: Viele. Lieblingsautoren/in: Viele.

Michael Thode (Salzhausen/Niedersachsen), geb. 1974, Schriftsteller. Hobbys: Trekking, Bouldern, Lesen. Lieblingsbuch: Die Suche. Lieblingsautorin: Charlotte Link. Erster Preisträger 2010 und Zweiter Preisträger 2014 und 2016.

Jutta van der Valk-Passarge (Nordhorn/Niedersachsen), geb. 1966, Beraterin und Coach. Hobbys: Natur, Pferde, Reisen. Lieblingsbuch: Der Richter und sein Henker. Lieblingsaustoren: Friedrich Dürrenmatt, David Lodge, Harlan Coben.

Stefan Walter (Neuburg a. d. Donau/Bayern), geb. 1978, Rechtsanwalt. Hobbys: Schach und Schreiben. Lieblingsbuch: Cyrano de Bergerac. Lieblingsautoren: Hugo von Hofmannsthal, Edmond Rostand.